Letzter Appell in Schwäbisch Sibirien

Militär in Münsingen, Breithülen
und Feldstetten 1895 bis 2007

Joachim Lenk

Letzter Appell in Schwäbisch Sibirien

Militär in Münsingen, Breithülen
und Feldstetten 1895 bis 2007

WIEDEMANN VERLAG

WIEDEMANN VERLAG, Münsingen © 2005

Recherchen und Texte: Joachim Lenk.

Quellen: Archiv des Alb Bote, der Herzog-Albrecht-Kaserne, der Standortverwaltung Münsingen, des Gerätehauptdepots Feldstetten, der Stadt Münsingen, der Ortsverwaltung Feldstetten sowie Aufzeichnungen des militärhistorischen Museums im Alten Lager, Erinnerungen ehemaliger Soldaten und das Internet. Die Bücher „100 Jahre Truppenübungsplatz Münsingen" von Erich Schraml sowie „Von der Schneeschuhkompanie zum Panzerbataillon" von Joachim Lenk und „25 Jahre Gemeinde Heroldstatt" von verschiedenen Autoren. Die Broschüren „Kriegsende in Feldstetten" von Karl Hermann sowie „25 Jahre Verbindungs- und Truppenübungsplatzkommando" von Erich Schraml und Wilfried Hühn.

Fotos: Archiv des Alb Bote, der Stadt Münsingen, der Ortsverwaltung Feldstetten, der Herzog-Albrecht-Kaserne, der Standortverwaltung Münsingen, des Gerätehauptdepots Feldstetten, Joachim Lenk, Günter Neudert, Heinz Breitinger, Ulrich Ziegler, Siegfried Müller, Brigitte von Müller, Werner Kullen, Wilhelm Brändle, Erich Schießl, Ingenieurbüro Reik, Martha Salzmann, Johanna Kemeth, Klaus Fischer, Gudrun Pracht und Willy Eisenmann.

Historische Postkarten: Reinhard Eschersky.

Gestaltung: Joachim Lenk und Wolfgang Wiedemann.

Verlag und Herstellung: Wolfgang Wiedemann, Höhnrissweg 6, 72525 Münsingen
Telefon 07381/2090, Fax 6120, Internet: www.wiedemann-werbeatelier.de .

Hergestellt mit freundlicher Unterstützung von:
Alb Bote, Metzinger-Uracher Volksblatt und Reutlinger Nachrichten.

Internet: www.Garnisonstadt.de (Informationen übers Buch und Treffpunkt für ehemalige Soldaten)

ISBN 3-9805531-9-1

Inhaltsverzeichnis

Vorwort

Viele Älbler können es noch immer nicht fassen. Nach mehr als 110 Jahren zieht das Militär aus Münsingen ab. Aus „Schwäbisch Sibirien“ , wie die Soldaten die Region seit 1895 nennen.

Dort pfeift einem heute noch der Wind gnadenlos um die Ohren und lässt die Quecksilbersäule des Thermometers in den Wintermonaten weit unter den Gefrierpunkt sinken. Mehrere Generationen Soldaten des Kaiserreichs, der Reichswehr, der Wehrmacht, der Bundeswehr und ausländischer Verbände konnten davon ein Lied singen.

Zig Millionen Soldaten haben in den vergangenen elf Jahrzehnten mehr oder weniger lang einen Teil ihrer militärischen Laufbahn auf der Alb verbracht: auf dem Truppenübungsplatz, in einem der vier Lager in Münsingen und Feldstetten, im Remontedepot Breithülen beziehungsweise in den daraus entstandenen militärischen Einrichtungen wie Herzog-Albrecht-Kaserne, Mobilmachungsstützpunkt und Gerätehauptdepot.

Die Geschichte Münsingen ist eng mit der Geschichte des Truppenübungsplatzes verbunden. Mit dem Bau 1895 begann der wirtschaftliche Aufschwung. Neue Handwerks- und Industriegebiete entstanden, die Infrastruktur wuchs zunehmend. Die Bahnlinie auf die Alb ist ebenfalls den Soldaten zu verdanken.

Anfang des 20. Jahrhunderts testeten Ingenieure Luftschiffe auf dem Übungsplatz. 100 Jahre später waren es Nutzfahrzeuge von Daimler-Chrysler und Liebherr. Zwischendurch erprobte die Bundeswehr den Kampfpanzer Leopard, bevor er in Serie ging.

Nicht zu vergessen sind die vielen zivilen Arbeitsplätze in Münsingen, Breithülen und Feldstetten. Zwischen 1895 und 2007 verdienten mehrere Tausend Arbeiter, Angestellte und Beamte ihre Brötchen bei den Soldaten.

Obwohl das Militär für die Bevölkerung viele Unannehmlichkeiten mit sich brachte, haben sich die Bewohner rund um den Truppenübungsplatz meistens verständnisvoll und geduldig gezeigt. Die Menschen lernten, sich mit dem Standort zu arrangieren.

Die Belastungen wurden nach dem Ende des Ost-West-Konfliktes und der deutschen Wiedervereinigung Anfang der 90er-Jahre kontinuierlich weniger.

Zwischen 1895 und 2005 gab es 34 verschiedene deutsche und französische Kommandanten auf dem Übungsplatz. Die kürzeste Zeit dort verbrachte Generalleutnant Ludwig Merker, der Ende des II. Weltkrieges im April 1945 zehn Tage das Kommando hatte. Die längste Zeit in Münsingen blieb Oberstleutnant

Dieter Kargl, der von 1992 an 13 Jahre lang den Platz bis zur Schließung 2005 leitete.

Rekordverdächtige 16 Jahre als Führungsoffizier am Standort verbrachte Oberstleutnant Wolfram Pertzel, der Chef des Gerätehauptdepots Feldstetten von 1978 bis 1994.

In der Herzog-Albrecht-Kaserne war nur einer der insgesamt 24 Kommandeure fast sechs Jahre lang Vorgesetzter eines dort stationierten Verbandes. Und zwar Oberstleutnant Heinrich Müller, der zwischen 1975 und 1981 das Panzerartilleriebataillon 285 unter sich hatte.

Nachdem Ende 2004 mein erstes Buch „Von der Schneeschuhkompanie zum Panzerbataillon“ erschienen ist, das über das Neue Lager und die daraus entstandene Herzog-Albrecht-Kaserne berichtet, ermutigten mich viele Leser und ehemalige Soldaten, ein weiteres Nachschlagwerk über den gesamten Standort Münsingen zu schreiben.

Auch wenn die Recherchen in den vergangenen Monaten viele Nächte und Wochenenden in Anspruch genommen haben, möchte ich an dieser Stelle die vielen aktiven und ehemaligen Soldaten sowie die zivilen Mitarbeiter der Bundeswehr nicht vergessen, die mit ihren Erinnerungen, Fotos und Postkarten zum Gelingen dieses Buches tatkräftig beigetragen haben.

Ein herzliches Dankschön geht auch an das Stadtarchiv Münsingen, die Ortsverwaltung Feldstetten und an das militärhistorische Museum im Alten Lager. Ohne die Genannten wäre das Buch „Letzter Appell in Schwäbisch Sibirien“ so bestimmt nicht zustande gekommen.

Joachim Lenk
Münsingen, im Sommer 2005

Truppenübungsplatz mit Lager

Herbst 1895 bis Winter 2005

Generalmajor Karl-Heinrich von der Osten ist der erste Kommandant des Münsinger Schießplatzes.

Der 3. August 1895 sollte das Leben in und um Münsingen entscheidend verändern: Wilhelm II., König von Württemberg, unterzeichnet die Ermächtigung für die Zwangsenteignung von Grundstücken auf dem Münsinger Hardt.

Mit dieser Unterschrift ist die Diskussion um den Standort des Gefechtsschießplatzes für das XIII. Königlich Württembergische Armeekorps entschieden. Münsingen erhält den Vorzug vor Nellingen und Böhmenkirch. Grund: Innerhalb des vorgesehenen Areals auf der Alb liegen nur die vier Höfe Ludwigshöhe, Bäumlesburg, Achenbuch und Heroldstetten. Bei den beiden anderen in Frage kommenden Standorten hätten jeweils ganze Dörfer dem neuen Manövergelände weichen müssen.

Knapp fünf Millionen Mark investiert der Reichstag für den Kauf des 3.700 Hektar großen Geländes. Die Anrainergemeinden Zainingen, Feldstetten, Ennabeuren, Ingstetten, Magolsheim, Böttingen und Auingen müssen zwischen 17 und 830 Hektar abtreten. Anfang Oktober 1895 schließt das Königlich Württembergische Kriegsministerium die letzten Kaufverträge ab.

Bereits ein paar Tage später, am 10. Oktober, beginnen die Vorbereitungen für das erste Schießen auf dem Münsinger Gefechtsschießplatz. 72 Soldaten des Infanterieregiments Kaiser Friedrich bauen die Scheiben auf der provisorisch angelegten Schießbahn auf. Zwei Wochen später, am 23. Oktober, treffen aus Stuttgart kommend 250 Soldaten des (7. Württembergischen) Infanterieregiments 125 mit der Bahn in Urach ein.

Mit dem Infanteriegewehr 88 auf dem Rücken marschieren die Männer über die Seeburger Steige zum Übungsplatz. Unter den Offizieren befindet sich General von Lindequist, der Kommandierende General des XIII. Königlichen Württembergischen Armeekorps, der die Dienstaufsicht hat. Tags darauf veröffentlicht die Heimatzeitung „Alb Bote“ auf der Titelseite eine „Amtliche Bekanntmachung“. Das Oberamt teilt mit, dass auf dem Münsinger Hardt am 24. und 25. Oktober die ersten Schießen mit scharfer Munition stattfinden. Zwei Tage später machen sich die Soldaten wieder auf den Heimweg nach Stuttgart.

Im Frühjahr 1896 bauen die Männer des Pionierbataillons 13 aus Ulm ein Zeltlager, das den übenden Truppen als Unterkunft dienen soll. Am 4. April trifft der erste Kommandant des Übungsplatzes, Generalmajor Karl-Heinrich von der Osten, in Münsingen ein. Auf dem Übungsplatz unterstützen Soldaten aus Ludwigsburg die Kommandantur beim Zielbau und bei der Scheibenfertigung.

Über Schelklingen rücken Soldaten des (6. Württembergischen) Infanteriegi-

Das Amts- und Unterhaltungsblatt „Alb Bote" veröffentlicht am 24. Oktober 1895 auf der Titelseite eine Amtliche Bekanntmachung, die darauf hinweist, dass am selben Tag ein Schießen auf dem Münsinger Hardt stattfindet.

Der „Alb-Bote“ erscheint jeden Dienstag, Donnerstag und Samstag mit dem Sonntagsblatt „Der Hausfreund“. Die Abonnementsgebühr beträgt frei in's Haus geliefert für Münsingen: vierteljährl. 80 Pf., halbjährl. 1 Mk. 60 Pf., im ganzen Oberamts-Bezirk: vierteljährl. 1 Mk., halbjährl. 2 Mk., im übrigen Württemberg bzw. Deutschland: viertelj. 1 Mk. 20 Pf., halbj. 2 Mk. 40 Pf.

Alb-Bote.

Bestellungen können bei allen Postämtern Postboten, den Agenten und für Münsingen in der Buchdruckerei gemacht werden.
Anzeigen aller Art haben bei der stets zunehmenden Auflage des Blattes den besten Erfolg, und wird die einspaltige Linie im Bezirk zu 7 Pf., außerhalb desselben zu 10 Pf. berechnet. Bei größeren Insertions-Aufträgen oder Wiederholungen entsprechenden Rabatt.

Amts- und Unterhaltungs-Blatt für den Oberamtsbezirk Münsingen und Umgegend.

Neunundfünfzigster Jahrgang.

Nr. 125. Donnerstag, den 24. Oktober **1895.**

Amtliches.

Bekanntmachung,

betreffend das am 24. und 25. Oktober dieses Jahres auf dem Münsinger Hardt stattfindende Gefechtsschießen des Infanterie-Regiments Kaiser Friedrich, König von Preußen (7. Württ.) Nr. 125 mit scharfer Munition.

Am Donnerstag den 24. und Freitag den 25. Oktober darf von 8⁰ vormittags bis 5 Uhr abends das Gelände zwischen den Straßen Magolsheim — Ennabeuren, Ennabeuren — Feldstetten, Feldstetten — Zainingen und Zainingen — Böttenthal — Ludwigshöhe **nicht betreten** werden.

Den Weisungen der ausgestellten Sicherheitsposten ist im Interesse der eigenen Sicherheit unbedingt zu entsprechen.

Ein Betreten des vorstehend bezeichneten Geländes ist lebensgefährlich.

Stuttgart, den 20. Oktober 1895.

Kommando des Infanterie-Regiments Kaiser Friedrich, König von Preußen (7. Württ.) Nr. 125.

Die betr. Ortsvorsteher

werden beauftragt, Vorstehendes in ihren Gemeinden auf ortsübliche Weise bekannt zu machen.

Münsingen, den 21. Oktober 1895.

K. Oberamt.
Rau.

Münsingen.

An die Ortsvorsteher und Gemeindepfleger.

Aus den auf 1. ds. Mts. hieher erstatteten Kassen- und Steuerlieferungs-Berichten hat man ersehen, daß ein großer Teil der Gemeindepflegen mit ihren Steuer-Lieferungen an die Oberamtspflege **ganz erheblich** im Rückstand ist.

Die Herren Ortsvorsteher und Gemeindepfleger werden daher **den Einzug der laufenden Steuer-Forderungen der Gemeindepflegen mit aller Energie betreiben**, damit diese ihren Verbindlichkeiten zur Oberamtspflege gerecht zu werden vermögen.

Den 21. Oktober 1895.

K. Oberamt.
Rau.

Bekanntmachung der K. Zentralstelle für die Landwirtschaft, betreffend die Eröffnung der landwirtschaftlichen Winterschulen.

Die landwirtschaftlichen Winterschulen werden in diesem Jahr eröffnet werden

in Hall am 4. November, vormittags 10 Uhr,
in Heilbronn am 12. November, vormittags 10 Uhr,
in Ravensburg am 9. November, vormittags 10 Uhr,
in Reutlingen am 6. November, nachmittags 2 Uhr,
in Rottweil am 5. November, vormittags 8 Uhr,
in Ulm am 4. November, vormittags 10 Uhr.

Die Eröffnung der Winterschule in Gmünd findet im laufenden Jahr noch nicht statt.

Wegen der Anmeldungen zur Aufnahme wird auf die Bekanntmachung vom 3. Oktober d. J. (Staatsanzeiger Nr. 234) hingewiesen.

Stuttgart, den 16. Oktober 1895. v. Ow.

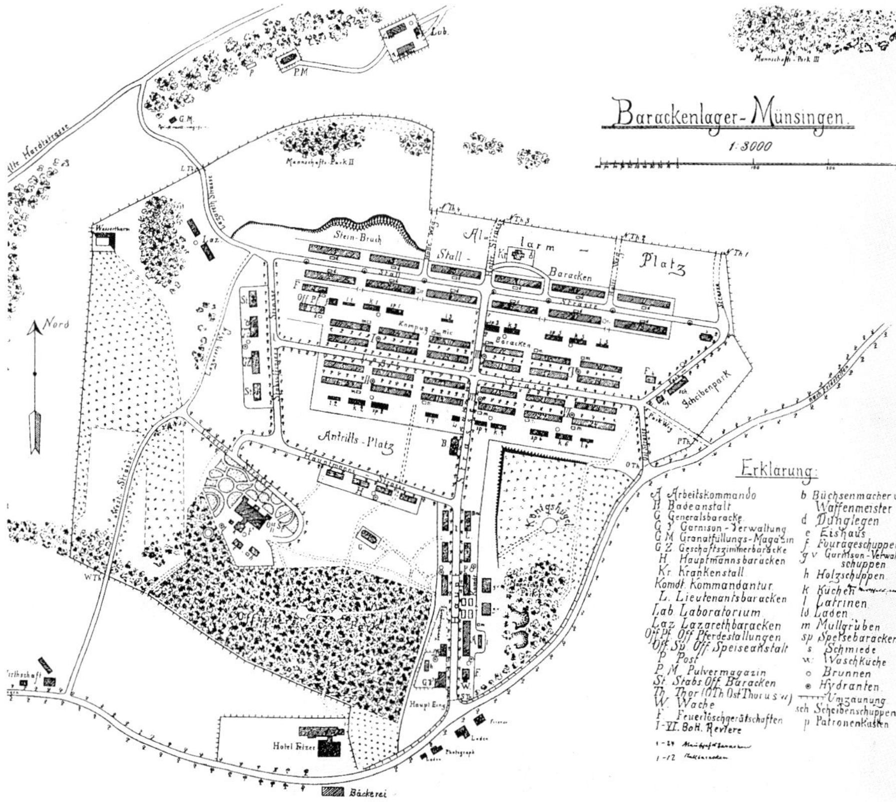

Der Stuttgarter Architekt Maerklin plant das Alte Lager mit 35 Gebäuden. Die Budgetkommission des Reichstages stellt rund 600.000 Mark für den Bau zur Verfügung.

ments 124 aus Ulm an. Sie marschieren nach Münsingen. Regimentskapelle und die Bevölkerung begrüßen die Männer aufs Herzlichste. Die Anwohner zünden ein großes Feuerwerk auf dem Marktplatz. Tags darauf, am 3. Juni 1886, ist es dann soweit. Auf dem Platz findet das erste Gefechtsschießen statt.

Zu dieser Zeit lässt der Stuttgarter Architekt Maerklin das Alte Lager mit 35 Gebäuden errichten. Er plant für die Militärs Kommandantur, Wache, Post, Lazarettbaracke, Wirtschaftsgebäude, Wasch-, Bade- und Bedürfnisanstalten, Scheunen und einige Magazine. Parallel dazu erstellt er Entwürfe für ein Remontedepot in Breithülen. Die Budgetkommission des Reichtages stellt dafür insgesamt 600.000 Mark zur Verfügung.

Mitte 1896 lassen sich hochrangige Offiziere den neuen Übungsplatz zeigen. Unter anderen Herzog Albrecht von Württemberg, Kriegsminister Freiherr Schott von Schottenstein und General von Lindequist.

Der erste Schuss der Feldartillerie fällt am 26. September 1896. Ein halbes Jahr später sind die ersten 24 Baracken für die übende Truppe fertig. Sie sind unterteilt in zwei Schlafsäle mit je 60 eisernen Bettgestellen. Wirtschafts-, Wach- und Arrestgebäude nutzen die Soldaten inzwischen ebenfalls.

Hoher Besuch kündigt sich am 15. Juli 1897 an. König Wilhelm II. von Württemberg besucht die 52. Infanteriebrigade. Auf dem Weg vom Münsinger Bahnhof ins Alte Lager stehen die Menschen und winken dem prominenten Gast zu, der in den kommenden Jahren noch mehrfach die Truppen auf dem Übungsplatz inspiziert.

In den folgenden Monaten kommt es immer wieder zu Meinungsverschiedenheiten zwischen den Soldaten und Anwohnern, die sich ab und zu unbefugt auf dem Übungsareal aufhalten. Die rot-weißen Flaggen an den kugelförmigen Signalkörben, die vor den Schießen warnen, reißen sie einfach herunter.

Im September 1897 kauft das Königlich Württembergische Kriegsministerium weiter Flächen in Zainingen, Feldstetten und Ingstetten. Außerdem beginnen Arbeiter mit dem Bau des Württembergischen Remontedepots in Breithülen. Knapp ein Jahr später stehen die ersten 250 Pferde in den Ställen.

Hardthotel, Postagentur und Telegrafenstation feiern ebenfalls Einweihung. Bei den Feierlichkeiten mit dabei sind die Soldaten des Grenadierregiments 123 aus Ulm, die derzeit im Alten Lager untergebracht sind.

Bislang ziehen Pferdefuhrwerke die beweglichen Ziele auf dem Truppenübungsplatz. Das ändert sich 1899. Ein 125 Ps Motor sorgt für eine revolutionä re Erfindung bei den Militärs. Jetzt läuft alles über die Schalthebel.

Der Urgroßvater des Autors Joachim Lenk: Feldwebel Karl Weiß, Soldat des XIII. Königlich Württembergischen Armeekorps.

1896 beginnt der Bau des Alten Lagers in Münsingen. Die Baracken sind als Unterkünfte für die Soldaten gedacht, die zum Üben auf den Schießplatz kommen. Ein halbes Jahr später sind die ersten 24 Gebäude bezugsfertig. In jeder Unterkunft haben 120 Männer Platz.

Kurz nach der Fertigstellung des Alten Lagers kommen die ersten Postkarten auf den Markt. Heute sind die fotografierten und gemalten Erinnerungsstücke begehrte Sammlerstücke.

Die Artillerie im Feuer. Von 1900 an üben die Militärs das ganze Jahr über in Münsingen.

Das erste Nachtschießen im selben Jahr verfolgen viele Zuschauer aus sicherer Entfernung auf dem Sternberg bei Böttingen. In den folgenden Jahren ist der Schießbetrieb immer der gleiche. Er dauert von April bis September, danach folgen die Herbstmanöver. Erst von der Jahrhundertwende an üben die Soldaten das ganze Jahr über.

Weil immer mehr Männer nach Münsingen kommen, ordnet 1900 das Königlich Württembergische Kriegsministerium an, das Alte Lager für rund 600.000 Mark zu vergrößern. Zudem wird die Eisenbahnstrecke von Schelklingen aus nach Münsingen ausgebaut. Seit dem 1. August ist der Truppenübungsplatz ein eigener Standort, teilt Kriegsminister Schott von Schottenstein Münsingens Bürgermeister August Hörner mit.

Die Kommandantur, die jetzt Generalmajor Max Freiherr von Hügel leitet, ist bemüht, ein gutes Miteinander zur Bevölkerung zu pflegen. Er organisiert militärische Pferderennen, Geländeprüfungen, Platzkonzerte, Feuerwerke, Vorträge und Theateraufführungen, die bei den Münsingern sehr gut ankommen. Ab und zu treffen sich die Soldaten und die Münsinger auch im Plesdonath, das in erster Linie der übenden Truppe als „Stätte der Entspannung“ dient.

Hautnah miterleben können die Älbler die Anfänge der deutschen Luftfahrt. Von 1908 an landet jährlich eine Luftschiffabteilung aus Berlin mit ihren Fesselballons auf dem Platz. Deshalb bauen die Soldaten im Bereich Oberösch einen rund 20 Meter hohen Mast, an dem

Julius Freihardt (unten), Soldat des XIII. Armeekorps, ist Angehöriger der Maschinengewehrkompanie, die auf dem Platz übt (rechts).

die Fesselballone hochsteigen können. Das preußische Luftschiffer-Bataillon Nummer 3 überwacht in luftiger Höhe die Stellungen der Artillerie.

Im selben Jahr erhalten die Soldaten die „Feste Hugo" auf dem Gänsewag, eine Anlage für Infanteristen und Pioniere, die dort den Angriff auf ein Fort oder eine ausgebaute Feldstellung üben können. Diese Anlage ist bei den Soldaten gefürchtet. Kein Wunder. Das Überwinden der tief eingeschnittenen Betongräben und der schikanös angelegten Stachel-gitter kosten viel Kraft und Schweiß.

In der dritten und letzten größeren Bauphase vor dem Ersten Weltkrieg werden noch einmal 593.000 Mark verbaut: Das so genannte Schlössle für den Kommandanten, ein neuer Scheibenhof, das Proviantamt und ein beschusssicherer Unterstand.

Im Schnitt üben pro Jahr rund 40.000 Soldaten auf dem Platz. Die Kommandantur besteht aus mehr als 100 Männern. Eine der übenden Einheiten ist 1913 die 4. Fußartilleriebrigade aus Straßburg, die neue Minenwerfer im Einsatz testet. Das württembergische Pionierbataillon 13 baut deshalb betonierte Feldbefestigungen mit Grabensystemen auf dem Truppenübungsplatz.

Mit Beginn des Ersten Weltkrieges 1914 ist es mit dem gewohnten Ablauf der Schießen und Manöver vorbei. Das Areal platzt aus allen Nähten. Das Generalkommando denkt zum ersten Mal öffentlich über eine Vergrößerung des Platzes nach. Das Kriegsministerium winkt wegen der zu hohen Kosten von rund 3,5 Millionen Mark ab. Dafür genehmigt es im Gegenzug zusätzlich 600.000 Mark für neue Unterkünfte, Geräteschuppen und eine Dampfwaschanstalt.

Die Kriegsmaschinerie läuft an, die Kämpfe des Ersten Weltkrieges, die schnell zur Stellungsschlacht übergehen, fordern ständig Nachschub. Für immer neue Ausbildungs- und Einsatzeinheiten ist der Truppenübungsplatz Durchgangsstation. Die Militärs stellen unter anderem die 54. Reserve-Infanteriedivision in Münsingen auf. König Willhelm II. von Württemberg schreitet wenig später die Front des neuen Verbandes ab.

Mit Beginn des I. Weltkrieges ist der Schießplatz völlig ausgelastet. Das Generalkommando denkt laut über eine Vergrößerung des Platzes nach.

Hautnah erleben die Älbler die Anfänge der deutschen Luftfahrt. Die Luftschiffer-Abteilung testet die neuesten Modelle auf dem Truppenübungsplatz.

1908 erhalten die Soldaten die „Feste Hugo" im Gewann Gänsewag, eine gefürchtete Aubildungsanlage für Infanteristen und Pioniere.

Gleichzeitig entsteht im Alten Lager im Bereich der Ställe ein Kriegsgefangenenlager. Ende des Jahres bringen die Deutschen die ersten französischen Gefangenen ins angrenzende Lager Gänsewag, in dem Bauarbeiter derzeit provisorische Baracken aus dem Boden stampfen.

Weitere Siege an der Ostfront bedeuten für Tausende Soldaten Gefangenschaft. Russen, Italiener und Serben werden nach Münsingen verfrachtet. Im Alten Lager geht es eng her. Die Probleme verschärfen sich als die Cholera unter den Gefangenen ausbricht.

Vor dem Wach- und Arrestgebäude versammeln sich Anfang 1915 die Wachsoldaten und der Kommandant des Truppenübungsplatzes, Generalleutnant von Muff (links), zum gemeinsamen Foto.

Kriegsgefangene Franzosen
i. Barackenlager d. Truppenübungsplatz Münsingen

Gefangene Franzosen
Beim Steinführen für Wegebau

Gefangene Russen

Mit Beginn des I. Weltkrieges entstehen auf dem Truppenübungsplatz Gefangenenlager. Das kommt den örtlichen Fotografen gelegen. Sie bringen Postkarten mit neuen Motiven auf den Markt.

Gefangene Franzosen

Kriegsgefangene Franzosen i. Barackenlager d. Truppenübungsplatz Münsingen

Verschiedene Postkarten, die zwischen 1900 und 1920 erschienen sind. Rechts ist eine Aufnahme von Reservisten zu sehen, die im Jahr 1913 die „Flucht aus Schwäbisch Sibirien" wagen.

Jetzt sind auf den Postkarten nicht nur Gebäude zu sehen, sondern auch die neuen Beobachtungstürme, die in den vergangenen Jahren auf dem Truppenübungsplatz gebaut wurden.

Eine seltene Luftaufnahme, auf der das Alte Lager und das Lager Gänsewag im Hintergrund zu sehen sind.

Anfang 1915 ist das Lager Gänsewag endlich fertig. Dort sind jetzt alle 4.000 Gefangenen untergebracht, die auf dem Übungsplatz und in den Lagern mitarbeiten müssen. Unter anderem beim Wegebau, wenig später auch in der Landwirtschaft bei den Bauern der Anrainergemeinden.

Um weiteren Platz zu schaffen, lassen die Militärs an der Straßengabel Auingen-Heutal 1915 das Neue Lager bauen, das für mehrere Tausend Gefangene Platz bieten soll. Soweit kommt es nicht. Die Militärs benötigen die Unterkünfte für ihre neuen Verbände, die ihre Kameraden im tobenden Krieg unterstützen sollen. Deshalb übernehmen die Soldaten auch das 1916 fertig gestellte Lager Feldstetten. Auch dort waren die Baracken eigentlich für 4.000 Gefangene vorgesehen.

Die Militärs stellen in Münsingen ein Reserve-Regiment nach dem anderen auf.

König Wilhelm II. von Württemberg (Mitte) inspiziert 1916 die neuen Verbände auf dem Truppenübungsplatz Münsingen. In den vergangenen Jahren war er schon mehrmals auf der Alb, um die Soldaten zu besuchen.

Unter anderem das mobile (1. württembergische) Landsturm-Infanterie-Regiment Nummer 13. 1916 sind zu Spitzenzeiten 15.000 Männer, rund die Hälfte davon Gefangene, sowie 4.000 Pferde auf der Alb untergebracht.

1918 lassen die Deutschen die Gefangenen laufen und lösen die Lager auf. 48 Gestorbene bleiben auf dem Waldfriedhof zurück. Das Kriegsende beendet auch die Geschichte des XIII. Königlich Württembergischen Armeekorps. Allein für diesen Verband wurden in Münsingen in den letzten Jahren rund 150.000 Soldaten aller Waffengattungen ausgebildet.

Die ungarische 37. Honved-Division, die bis vor kurzem bei der Heeresgruppe Herzog Albrecht von Württemberg eingesetzt war, nimmt die separaten Friedensverhandlungen des Bündnispartners Österreich zum Anlass, eigenmächtig den Rückweg von Straßburg durch das Königreich Württemberg anzutreten. Auf ihrem Weg nach Hause erlaubt das deutsche Kriegsministerium den ausländischen 11.000 Soldaten und ihren 3.000 Pferden, ihr Quartier für ein paar Tage auf dem Truppenübungsplatz aufschlagen zu dürfen.

Von 1919 an kümmert sich niemand mehr um das verwaiste Areal. Einbrüche in die Maschinenhäuser und die Baracken gehören zur Tagesordnung. Die Kommandantur hat alle Hände voll zu tun, dieses Problem mit den wenigen Bewachungskräften, die ihr zur Verfügung stehen, in den Griff zu bekommen.

Im ehemaligen Gefangenenlager Gänsewag herrscht noch reges Treiben. Die verbliebenen Russen haben es sich dort bequem gemacht und denken nicht im Traum daran, in ihre Heimat zurück zu kehren. Kein Wunder. Seit Mai 1919 dürfen sie das Lager verlassen und die Ortschaften im Umkreis von vier Kilometern aufsuchen. Sie sind gerngesehene Arbeitskräfte bei den Landwirten, die sie mit einem Hungerlohn abspeisen.

Wegen der unklaren Rechtslage zu Beginn der Weimarer Republik und der Demobilisierung denken die Militärs zum ersten Mal über die Schließung des Übungsplatzes nach. „Pazifistische Kreise" fordern einen Naturschutzpark, schreibt der „Alb Bote".

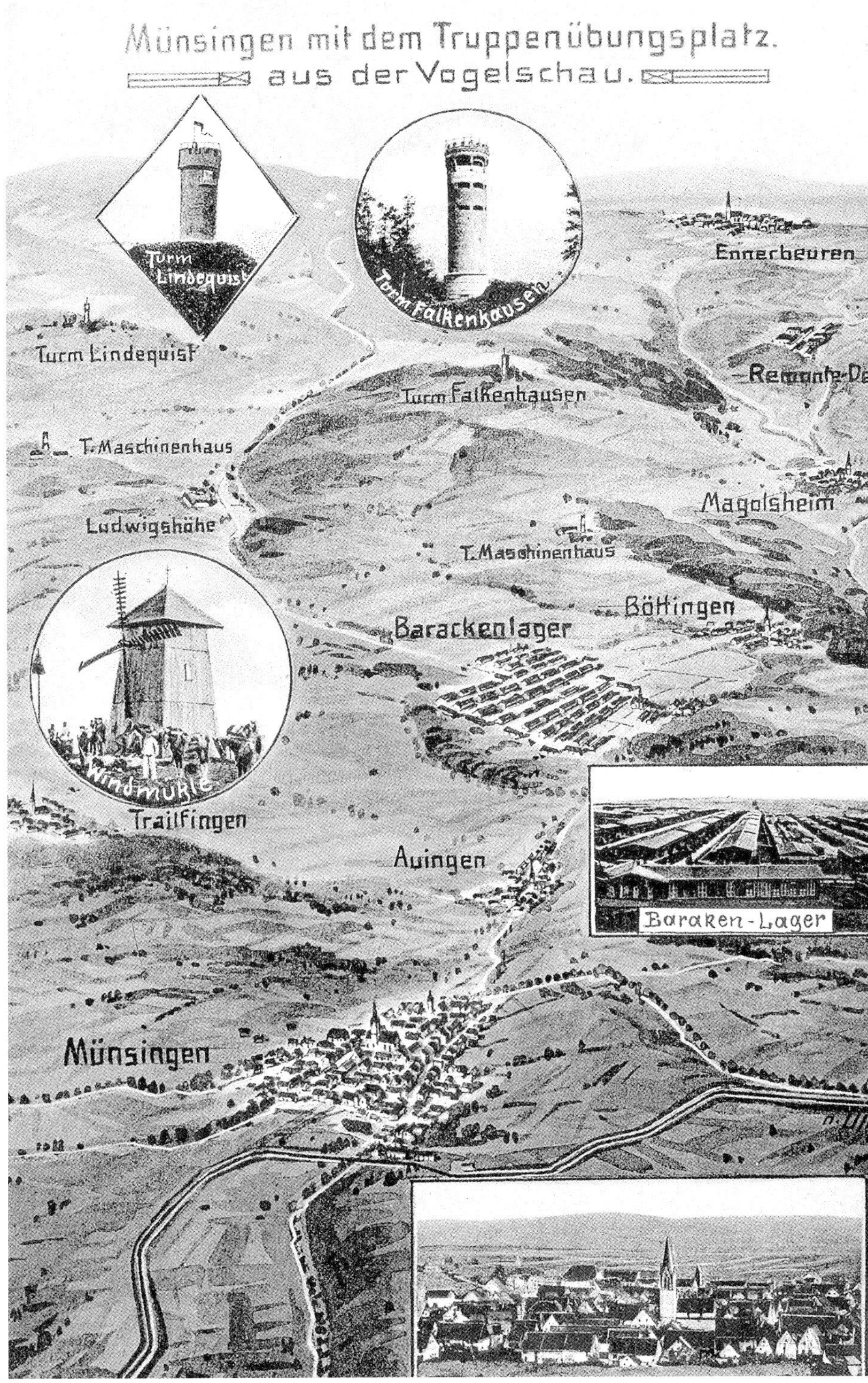

Der Truppenübungsplatz mit Münsingen und den umliegenden Orten aus der Vogelperspektive.

Die Partie beim Eingang des Truppenübungsplatzes: Kommandantenwohnung, Verwaltungsgebäude, Unterkunft für Unteroffiziere und Soldatenheim.

Geregelte Verhältnisse gibt es erst wieder von 1919 an. Die Reichswehrführung in Berlin spricht sich für das Münsinger Areal aus und mustert lieber andere Übungsplätze aus. Diese Reduzierung sieht der Versailler Vertrag vor.

Von September an herrscht wieder Betrieb auf dem Münsinger Hardt. Die Reglementierung durch Vertrag schränkt die Belegung ein, ist vom neuen Kommandanten, Oberst Kurt Freiherr von Lupin, zu hören. Die Reichswehr darf jetzt nur noch ein Heer mit 100.000 Mann unterhalten. Die letzten verbliebenen Russen im Lager Gänsewag müssen ihre Unterkünfte verlassen.

Der erste Verband, der nach dem I. Weltkrieg für ein paar Wochen nach Münsingen kommt, ist die Freiwilligenabteilung unter dem württembergischen Generalmajor Otto Haas. Mit zwei Schützenregimentern, je einem Kavallerie- und einem Artillerieregiment, je einem Jäger- und einem Pionierbataillon sowie einer Nachrichten- und einer Fahrabteilung hat sie beinahe den Umfang einer Division. Die Soldaten sind in allen vier Lagern untergebracht.

Das Remontedepot Breithülen lösen die Militärs auf. Die Reichswehr hat zu wenig Pferde. Die Stadt Stuttgart pachtet die Stallungen und eröffnet ein landwirtschaftliches Mustergut.

1920 trifft eine alliierte Militärmission in Münsingen ein, die den Abriss der Flugzeughalle auf der Ludwigshöhe veranlasst. Die Franzosen verfrachten sie als Reparationsleistung in die Heimat.

Im Sommer 1921 kommt die 8.000 Mann starke 5. Division aus Stuttgart auf die Alb, geführt von General Walther Reinhardt. Die Soldaten lassen sich in allen vier Lagern nieder, die wenig später Reichswehrminister Otto Geßler inspiziert. Nach dieser Übung kehrt für lange Zeit Ruhe auf dem Platz ein.

Auf der Ludwigshöhe entsteht 1923 die Heeresfachschule für Landwirtschaft. Mit Erlaubnis der Kommandantur finden im Alten Lager Platzkonzerte und Sportvorführungen für die Bevölkerung aus der Umgebung statt.

Die Sturmabteilung (SA), die uniformierte und bewaffnete Kampf-, Schutz- und

Propagandatruppe der NSDAP, führt zu dieser Zeit heimlich Übungen unter anderem in Münsingen durch. Der paramilitärische Kampfverband macht sich für einen Bürgerkrieg beziehungsweise einen Staatsstreich fit. Adolf Hitler plant, Reichspräsident Friedrich Ebert und die Regierung der Weimarer Republik zu stürzen. Im Spätsommer 1923 hecken die nationalsozialistischen Ortsgruppen-Vorsitzenden Württembergs einen illegalen Mobilmachungsplan aus, der Münsingen als Aufmarschplatz vorsieht. Nach dem gescheiterten Hitler-Putsch vom 9. November 1923 wird die Organisation verboten.

Viele Schaulustige lassen es sich im August 1925 nicht nehmen, den drei Bataillonsappellen des 19. bayerischen Infanterieregiments beizuwohnen. „Der Verkehr war geradezu beängstigend, Auto an Auto, Motorrad an Motorrad strebten unter lautem Signal dem Truppenübungsplatz zu", schreibt tags darauf der „Alb Bote".

Im September 1926 rückt Münsingen ins Rampenlicht der Weltöffentlichkeit. Kronprinz Wilhelm von Preußen ist ein militärbegeisterter Mann und nimmt als Zeitfreiwilliger in Uniform des alten Regiments an einem Manöver des Berliner Infanterieregiments 9 auf dem Truppen-

Reichswehrminister Otto Geßler (links) besucht 1921 die 8.000 Mann starke 5. Division, die General Walther Reinhardt führt.

Soldaten der Reichswehr im Jahr 1927 auf dem Weg zu einer Trauerfeier auf dem Truppenübungsplatz (unten).

Kronprinz Wilhelm von Preußen (rechts) nimmt 1926 an einem Manöver des Berliner Infanterieregiments 9 in Münsingen teil. Der Kommandant des Übungsplatzes, Oberst Paul Platz, ist ebenfalls auf dem Foto zu sehen (zweiter von links).

übungsplatz teil. Dieser Verband hat die Tradition der ehemaligen Gardetruppen des Kaisers übernommen und gilt als besonders monarchisch.

Der Chef der Heeresleitung, Generaloberst Hans von Seeckt, hält es nicht für nötig, die Staatsführung darüber zu informieren, dass der Hohenzollernprinz an diesem Manöver teilnimmt. Über Umwege bekommt Reichspräsident Paul von Hindenburg Wind davon, dass der Kaiserenkel auf dem Truppenübungsplatz als Leutnant mit von der Partie war.

Unter den Nachwirkungen des Versailler Vertrages, der den preußisch-deutschen Militarismus zu bändigen versucht, und der politisch angespannten Atmosphäre, ist die Empörung in Deutschland groß. Die Teilnahme des 20jährigen Kaiserenkels bewertet die Bevölkerung als Unterstützung monarchistischer Tendenzen.

Auf Druck von Reichswehrminister Otto Geßler muss Generaloberst von Seeckt am 8. Oktober seinen Hut nehmen. Jener hochdekorierte Offizier, der die Reichswehr neu aufgebaut hat. Im „Berliner Tagblatt“ ist tags darauf zu lesen: „Wir bedauern, dass es dazu gekommen ist und ein so hochbegabter, vornehm gesinnter und durchaus dem Staate ergebener Soldat durch die Verführungskünste der Familie Hohenzollern zu Fall gebracht worden ist.“

1927 findet nach langer Zeit wieder ein Herbstmanöver der 5. Division in Münsingen statt. Einige Tage zuvor feiert die Kommandantur die Einweihung des neuen Turniergeländes am Hohllochwald, an der auch viele Bürger aus der Umgebung teilnehmen.

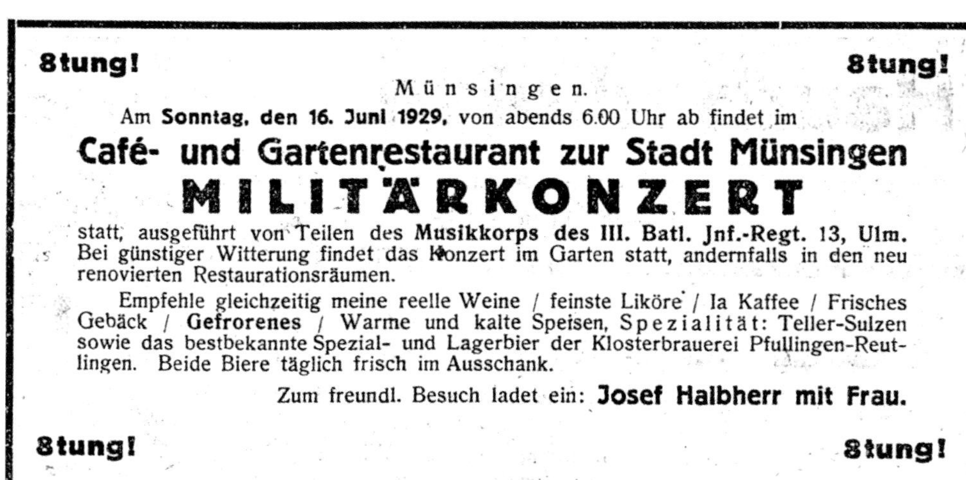

8tung! **8tung!**

Münsingen.

Am **Sonntag, den 16. Juni 1929,** von abends 6.00 Uhr ab findet im

Café- und Gartenrestaurant zur Stadt Münsingen

MILITÄRKONZERT

statt, ausgeführt von Teilen des **Musikkorps des III. Batl. Jnf.-Regt. 13, Ulm.** Bei günstiger Witterung findet das Konzert im Garten statt, andernfalls in den neu renovierten Restaurationsräumen.

Empfehle gleichzeitig meine reelle Weine / feinste Liköre / Ia Kaffee / Frisches Gebäck / **Gefrorenes** / Warme und kalte Speisen, Spezialität: Teller-Sulzen sowie das bestbekannte Spezial- und Lagerbier der Klosterbrauerei Pfullingen-Reutlingen. Beide Biere täglich frisch im Ausschank.

Zum freundl. Besuch ladet ein: **Josef Halbherr mit Frau.**

8tung! **8tung!**

Anzeige im „Alb Bote“ 1929: Einladung zu einem der vielen Militärkonzerte, die in Münsingen stattfinden.

Reichsminister Hermann Göring lässt es sich nicht nehmen, den Truppenübungsplatz Münsingen zu Pferd zu begutachten.

Im September 1933 inspizieren Reichskanzler Adolf Hitler und einige seiner Minister die Herbstübung der Württembergischen 5. Division in Münsingen.

Ende der 20er-Jahre sind wieder Bauarbeiter im Einsatz. Die Munitionsanlage „Au“ ist das größte Projekt während dieser Zeit.

Die Anlage ist mit elf Munitionshäusern, verschiedenen Bunkern, einem Wachgebäude, einer Förderbahn, zwei Türmen und einer biologischen Kläranlage ausgestattet. Das Reichswehrministerium stellt dafür rund 550.000 Reichsmark zur Verfügung.

Die beiden beschuss- und splittersicheren Beobachtungstürme Seeckt und Reinhardt weihen die Militärs 1930 auf dem Truppenübungsplatz ein.

Im September 1933, acht Monate nach der Machtübernahme der Nationalsozialisten, inspizieren Reichskanzler Adolf Hitler, Reichsminister Hermann Göring und Reichswehrminister General Werner von Blomberg in Münsingen die Herbstübung der Württembergischen 5. Division. Unter den Begleitern sind die Reichsstatthalter von Baden, Hessen, Thüringen und Württemberg. Herzog Albrecht von Württemberg ist ebenfalls mit dabei.

Die ersten Einheiten der württembergischen Schutzpolizei kommen zu einer Gefechtsausbildung im Sommer 1934 auf den Übungsplatz. Im Zuge der Erweiterung des deutschen Heeres rückt am 1. Oktober 1934 die Kampfwagenabwehrabteilung 15 an, die später in Panzerabwehrabteilung 15 umbenannt wird. Münsingen ist somit wieder Garnisonstadt.

Ein Jahr später verlässt der Verband den Standort. Es folgen das II. Bataillon des Infanterieregiments 34 „Heilbronn“ und das Ausbildungsbataillon des Infanterieregiments 35 „Tübingen“, die im Alten

Die Wehrmacht lässt ihre Panzeraufklärer in Münsingen ausbilden.

Am Bahnhof Münsingen angekommen, geht es mit Musik im Gleichschritt durch die Stadt ins Alte Lager.

1936 ist das Infanterieregiment 36 aus Gießen in Münsingen. Das Antreten verfolgen viele Bürger aus der Umgebung.

und im Neuen Lager untergebracht sind. Seit Mai gibt es in Deutschland wieder die allgemeine Wehrpflicht. Anfang November 1935 findet zum ersten Mal nach vielen Jahren wieder eine Vereidigung von Rekruten in Münsingen statt. Ein paar Tage danach inspiziert Reichswehrminister Werner von Blomberg die Truppen auf der Alb.

Mitte 1936 übt das Infanterieregiment 36 aus Gießen auf dem Truppenübungsplatz. Entgegen der sonst praktizierten Geheimniskrämerei darf der „Alb Bote“ dieses Mal über das Manöver berichten. Bei der Bevölkerung kommt der Verdacht auf, dass die Militärs gut Wetter machen wollen, um der geplanten Platzerweiterung den Wind aus den Segeln zu nehmen.

Im Herbst 1936 trifft das Reiterregiment 18 aus Cannstatt ein und gliedert seine Teile nach dem neuen Aufstellungsplan

um. Leutnant Gerhard Hahn ist entsetzt. Die Straßen und Wege sind voller Schlamm. Nach Dienstschluss sind die Soldaten oft Stunden damit beschäftigt, die Ausrüstung, die Schuhe und die Uniform zu reinigen.

In den Unterkünften schlafen die Landser noch auf Stroh. Im Winter ist es dort eisig kalt. Es gibt keine Heizungen. Nur ein kleiner Ofen im Flur sorgt für ein wenig Wärme. Kein Wunder, dass die Soldaten mit Mütze und Handschuhen sich ins Bett verkriechen.

Altes Lager und Truppenübungsplatz kommen durch die vielen Neuaufstellungen an die Grenzen ihrer Belastbarkeit. Kein Wunder. Die Wehrmacht rüstet auf. Adolf Hitler lässt in ganz Deutschland 36 Divisionen mit 550.000 Mann aufstellen.

Neue Schießanlagen und Beobachtungstürme auf dem Truppenübungsplatz folgen. Die Militärs lassen die Unterkünfte an das Gasnetz der Stadt Münsingen anschließen. Zur Zeit sind knapp 550 Arbeiter bei der Kommandantur beschäftigt.

Mitte Februar 1937 die Nachricht des Oberamtes Urach, das die Räumung des 650 Seelen zählenden Dorfes Gruorn ankündigt. Die gesamte Markung werde dem Truppenübungsplatz zugeschlagen, heißt es in einem Schreiben an die Bevölkerung. Mit zahllosen Eingaben und Gesuchen versuchten die Einwohner, diese Pläne des Oberkommandos des Heeres abzuwenden. Vergebens. Im Juni nimmt die Reichsumsiedlungsgesellschaft ihre Arbeit auf.

Zudem sperren jetzt die verantwortlichen Militärs die Landesstraße 245c für den zivilen Verkehr zwischen Trailfingen und Zainingen.

Die knapp 40 Einwohner des Schorrstall-Hofs, der direkt an der Straße liegt, müssen sich ebenfalls eine neue Heimat suchen.

Mitte Februar 1937 teilt das Oberamt Urach mit, dass Gruorn zu räumen sei. Die gesamte Markung wird für die Erweiterung des Truppenübungsplatzes genutzt.

Im Alten Lager gibt es ein Postamt für die Soldaten. Auf dem Poststempel steht: „Münsingen - Truppenübungsplatz."

„Grüße aus Münsingen": Verschiedene Postkarten aus den Jahren 1935 bis 1940.

„Grüße aus Münsingen": Verschiedene Postkarten aus den Jahren 1935 bis 1940.

Soldaten der Wehrmacht marschieren durch das Alte Lager.

Großes Aufsehen erregt die SS-Standarte „Deutschland“, die wenig später in Münsingen ihr erstes Manöver abhält.

Am 1. März 1939 ist die Räumung Gruorns fast vollständig abgeschlossen. Nur noch ein paar Einwohner sind in ihren Häusern. Wenig später dienen die Gebäude den Soldaten als Truppenunterkünfte.

Eine völlig neue Waffengattung ist inzwischen im Alten Lager untergebracht: der Nebelwerfer. Die Wehrmacht stellt die entsprechenden Nebelabteilung 3 und 5 in Münsingen auf. Zur Zeit sind im Alten Lager rund 4.200 Soldaten und 1.600 Pferde untergebracht.

Im Lager Gänsewag sind es knapp 2.000 Soldaten und 80 Pferde, im Neuen Lager 2.250 Soldaten und 150 Pferde und im Lager Feldstetten 2.000 Soldaten sowie 600 Pferde.

1939 beginnt der Krieg der Deutschen. Der Ausbildungsbetrieb in Münsingen nimmt zu. Unter anderem stellt die Wehrmacht einige Divisionen auf der Alb ab.

Deshalb erweitern die Militärs das Lager Gänsewag. Nach Beendigung des Feldzuges gegen Polen forciert Hitler die Neuaufstellung von weiteren Divisionen. Ende 1939 treffen die ersten Männer der Infanterieregimenter 330 und 334 in Münsingen ein.

Weitere Verbände folgen. Unter anderem die SS-Totenkopf-Division, die sich noch in der Ausbildungsphase befindet. Zeitgleich verfrachtet die Wehrmacht die ersten Kriegsgefangenen nach Münsingen ins Lager Gänsewag. Zuerst 300 polnische, ein halbes Jahr später französische Soldaten. Sie müssen in der Landwirtschaft in den umliegenden Orten helfen. Zur Bewachung wird ein Landesschützenbataillon auf die Alb kommandiert.

Im Oktober 1940 treffen die ersten Ersatztruppenteile für die neue 125. In-

Eine von vielen deutschen Einheiten, die in Münsingen neu aufgestellt werden.

fanteriedivision ein. Sie wird in erster Linie aus Teilen der 5. und der 260. Infanterie-Division aufgestellt. Die Fahrzeuge und Pferde kommen von der 22. Infanterie-Division.

Die mehr als 17.000 Männer dieses Verbandes, die als taktisches Zeichen ein Wiesel wählen, sind auf alle Lager in Münsingen und Feldstetten verteilt. Einige sind in den ehemaligen Stallungen in Breithülen untergebracht. Die Aufklärungsabteilung schlägt ihr Quartier in Urach auf. Kommandeur der „Wiesel"-Division ist Generalmajor Wilhelm Schneckenburger.

Im 1941 rückt der Verband zum Feldzug nach Jugoslawien aus. Im Juni geht es über Polen in die Sowjetunion, wo nach schweren Kämpfen mehr als die Hälfte der Soldaten ihr Leben lassen.

In den kommenden zwei Jahren stampft die Wehrmacht weitere Verbände auf der Alb aus dem Boden. Die Soldaten nutzen Gruorn für den Häuserkampf. Die letzten sechs Familien des Dorfes müssen in den Keller und dürfen ihn erst nach Aufforderung des Schießoffiziers wieder verlassen.

Mit der Gründung des Heeresgutbezirks Münsingen im Oktober 1942 ist die Erweiterung des Truppenübungsplatzes mit rund 6.700 Hektar abgeschlossen, meldet Kommandant Generalmajor Eberhard Rösler der Militärverwaltungsbehörde. Zu dieser Zeit beherbergt das Alte Lager die SS-Artillerieschule II, die SS-Reichsführer Heinrich Himmler inspiziert.

Im Frühjahr 1943 üben einige SS-Ersatztruppenteile in Münsingen, die gemeinsam die 9. und 10. SS-Panzerdivision bilden sollen. Wenig später explodiert im Bereich der Schießbahn Mönchberg während einer Waffendemonstration eine Gewehrgranate. Sechs Soldaten und ein Mitarbeiter der Kommandantur kommen ums Leben, schreibt der „Alb Bote".

In Italien kommt es im Sommer 1943 zum Aufstand gegen Staatschef Mussolini. Der Duce landet im Gefängnis, aus dem ihn die Deutschen wenig später befreien. Danach plant der Politiker die Aufstellung zuverlässiger italienischer Verbände, die nach deutschen Grundsätzen ausgebildet werden sollen. Nicht irgendwo. Nein. Am 8. September kommt der Befehl zur Aufstellung der 4. Italienischen Gebirgsdivision „Monte Rosa" in Münsingen. Knapp ein halbes Jahr später treffen die ersten Mannschaften im Alten Lager ein. Wieder sind alle Truppenlager belegt.

Im Juli 1944 ist die Aufstellung der knapp 20.000 Mann zählenden Division abgeschlossen. Mussolini lässt es sich nicht nehmen, die Front der auf dem Gänsewag angetretenen Soldaten abzuschreiten.

Die kommenden Wochen prägt der Abmarsch der italienischen Soldaten in die Heimat. Gleich darauf stellt die Wehrmacht, gezeichnet durch die hohen Ver-

Die Division „Monto Rosa" mit rund 20.000 Soldaten präsentiert sich in Reih und Glied auf dem Gewann Gänsewag.

Soldaten der Wehrmacht lassen es sich in den Baracken im Alten Lager gut gehen.

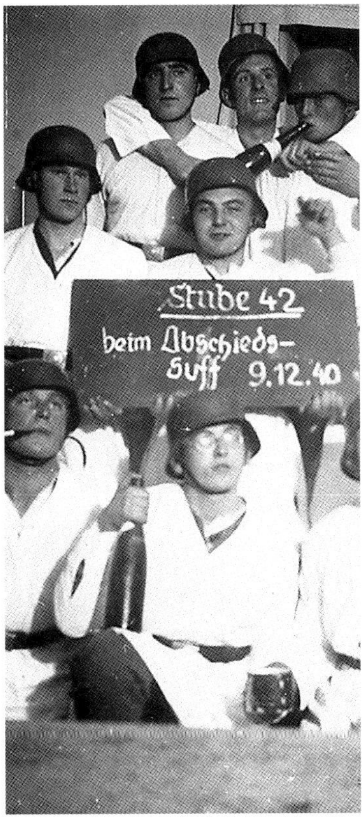

Am 16. Juli 1944 besucht Mussolini (links) die Division „Monte Rosa" in Münsingen.

luste in ganz Europa, im Eilverfahren neue Divisionen im Alten Lager auf. Die Unterkünfte platzen aus allen Nähten. Viele Soldaten finden deshalb in privaten Quartieren eine Unterkunft.

Eine der letzten deutschen Verbände, die die Wehrmacht in Münsingen aufstellt, ist die 78. Infanterie- und Sturmdivision, die im November 1944 das Hardt in Richtung Ostfront verlässt.

Gleich danach setzt die SS-Führung den Befehl ihres Chefs Heinrich Himmler in die Tat um: Die Aufstellung zweier russischer Divisionen auf den Übungsplätzen Münsingen und Heuberg. Mit russischen Kriegsgefangenen, die unter dem übergelaufenen Ex-General der Roten Armee, Andrej Andrejewitsch Wlassow, eine russische Befreiungsfront gegen Stalin bilden sollen.

Den Männern bleibt keine andere Wahl. Ihre Lage ist hoffnungslos. In den deutschen Lagern droht ihnen der Tod. Gegen die eigenen Landsleute vereint mit den Deutschen zu kämpfen, ist ihre einzige Chance, zu überleben. Auf Hilfe können sie nicht hoffen. Stalin kennt nur Sieger, wer gefangen wird, ist in seinen Augen ein Vaterlandsverräter.

So ist es nachvollziehbar, dass sich viele Tausend russische Soldaten melden. Die 1. Wlassow-Division besteht unter anderem aus der Brigade Kaminsiki, die bereits bei der Niederschlagung des Warschauer Aufstandes beteiligt war, und der an der Westfront zerschlagenen SS-Division Sigling. Außerdem aus Soldaten der verschiedenen Freiwilligenbataillone. Mitte Januar 1945 zählt der Verband 20.000 Männer, ausgestattet mit deutschen Sturmgewehren und russischen Kampfpanzern des Typs T 34. In Heuberg zählen die Militärs 18.000 russische Kriegsgefangene, die sich den Deutschen anschließen.

Im Februar 1945 absolviert die 1. Division eine große Übung auf dem Übungsplatz, die General Wlassow inspiziert. Einen Monat später macht sich die „Befreiungsarmee" Richtung Weichselfront auf. Die 2. Division verlegt von Heuberg nach Münsingen. Sie bleiben nicht lange.

Rechts: Der Ex-General der Roten Armee, Andrej Andrejewitsch Wlassow, stellt zwei neue Divisionen in Münsingen und in Heuberg auf.

Unten: Eine Erinnerungstafel in Münsingen gedenkt der Opfer der „Monte Rosa"-Division.

Es kündigt sich die näherrückende Front der Amerikaner und der Franzosen an. Fast alle russischen Soldaten fliehen Richtung Osten. Einige bleiben in Münsingen.

Anfang April 1945 erhält Übungsplatz-Kommandant, Generalmajor Gustav Wenninger, von der Wehrmacht den Auftrag, mit den verbliebenen Soldaten des Wehrkreisunterführerlehrgangs V, der Freiwilligenstammdivision und dem in Reutlingen liegenden E. und A. Bataillon 215 einen Sicherheitsabschnitt innerhalb der Albrandstellung zu übernehmen. Grund dafür sind die immer näher rükkenden Soldaten der 1. Französischen Armee und der 7. US-Armee. Die Truppen kommen von Norden her nach Württemberg und Baden.

Wegen seines Krankheitszustandes übergibt General Wenniger am 10. April die Geschäfte an seinen Nachfolger, Generalleutnant Ludwig Merker. Er ist jetzt Kommandant und zugleich Kommandeur der bunt zusammengewürfelten Division Münsingen und des Korpsstabes Merker, der die Albrandverteidigung übernehmen soll. Und zwar zwischen Geislingen im Osten und Genkingen im Westen.

Am 16. April 1945 vereinbaren Merker und der Kommandeur der zur Verstärkung angerückten 405. Division E. und A., Generalleutnant Faulenbach, eine Neueinteilung der Divisionsgrenzen. Die Division Münsingen mit mehreren Tausend Soldaten besteht aus der freiwilligen Stammdivision unter Generalmajor Ullmer, der Kampfgruppe Hauptmann Schäfer in Würtingen und der Kampfgruppe Hauptmann Kimmich in Großengstingen. Dort vereint sind Volkssturmleute, Hitlerjungen und auch noch ein paar Soldaten der Wlassow-Armee.

Widerstand ist zwecklos. Die Amerikaner nehmen Münsingen, den Truppenübungsplatz und die Lager im April 1945 ein.

Sie alle sollen die Invasion vorübergehend stoppen, um anschließend „die Lage wieder herzustellen", befiehlt Merker. Er will es nicht wahrhaben, dass seine Albrandstellung, eine Art „Alpenfestung" des Dritten Reichs, bereits eine Fata Morgana ist, bevor sie noch richtig aufgebaut ist.

Die Franzosen haben inzwischen Tübingen erreicht, während einen Tag später die amerikanischen Soldaten sich über Grabenstetten die Albhochfläche erkämpfen.

Wenig später kommt es zu schweren Gefechten im gesamten Landkreis Münsingen. „Im Alten Lager herrscht ein wildes Durcheinander", meldet General Merker am 21. April und verlegt seinen Gefechtsstand in das Sanatorium Jordanbad nach Biberach.

Die letzten deutschen Soldaten machen sich ebenfalls aus dem Staub, nachdem sie einige Gebäude im Alten Lager und auf dem Gänsewag angezündet haben. Polen und Russen nutzen die Gunst der Stunde und nehmen alles mit, was nicht niet- und nagelfest ist.

Ein Gedenkstein im Alten Lager erinnert an die toten und vermissten Kameraden der 78. Infanterie- und Sturmdivision, die 1944 in der dritten Aufbauphase in Münsingen aufgestellt wurde.

General Ludwig Merker ist der letzte deutsche Kommandant des Truppenübungsplatzes, bevor ihn die Franzosen 1945 übernehmen.

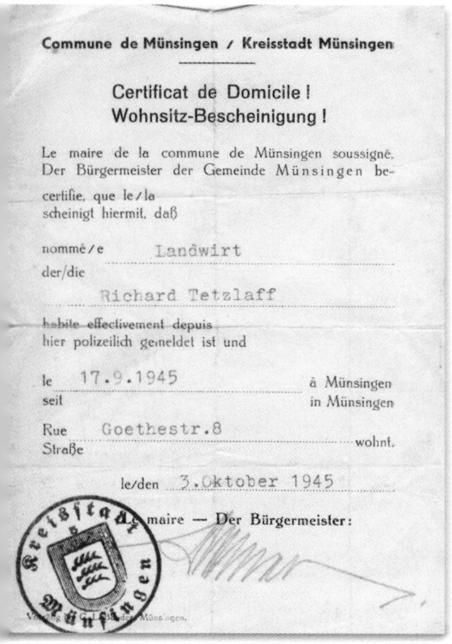

Commune de Münsingen / Kreisstadt Münsingen

Certificat de Domicile !
Wohnsitz-Bescheinigung !

Le maire de la commune de Münsingen soussigné.
Der Bürgermeister der Gemeinde Münsingen bescheinigt hiermit, daß
certifie, que le/la

nommé/e Landwirt
der/die Richard Tetzlaff

habite effectivement depuis
hier polizeilich gemeldet ist und

le 17.9.1945 à Münsingen
seit in Münsingen

Rue Goethestr.8
Straße wohnt.

le/den 3.Oktober 1945

Le maire — Der Bürgermeister:

Kreisstadt Münsingen

Die Franzosen nehmen es ganz genau: Jeder Münsinger benötigt eine Wohnsitz-Bescheinigung.

Am 24. April 1945 um 3 Uhr endet für die Münsinger der II. Weltkrieg. Die Amerikaner marschieren in der Kreisstadt ein und besetzen alle militärischen Anlagen. Ein paar Tage später rücken die Franzosen ein. Es herrscht ein gespanntes Verhältnis zwischen den Alliierten, die sich gegenseitig das Leben schwer machen. Vor allem durch gegenseitige Ausfuhrverbote von Waren und Lebensmitteln. Ein Schlagbaum in Höhe des Neuen Lagers kennzeichnet die Trennungslinie zwischen amerikanischer und französischer Zone.

Die US-Soldaten ziehen am 30. April im Alten Lager ein. Die Männer des 111. Engineer Bataillons der 35. Infanteriedivision bleiben nicht lange. Im August übergeben sie, im Zuge der Aufteilung des ehemaligen Deutschen Reiches in Besatzungszonen, die vier Lager und den Übungsplatz der französischen Armee. Fast der gesamte Landkreis Münsingen gehört jetzt zum „Französisch besetzten Gebiet Württemberg und Hohenzollern". Das Gouvernement ist im Kreisverbandsgebäude im neuen Rathaus in der Bachwiesenstraße untergebracht.

Die Besatzungsmächte entscheiden, Kriegsgefangene und Zwangsarbeiter aus den von Deutschland besetzten Ländern zentral unterzubringen. Einer davon ist das Neue Lager, in dem die Franzosen auf einem abgesperrten Teilstück bislang ihre Militärfahrzeuge abstellen. Zeitweise sind dort auch Soldaten stationiert. Im Neuen Lager harren bis 1946 ebenfalls deutsche Kriegsgefangene aus.

Die Franzosen sprechen bereits bei geringem Fehlverhalten der Gefangenen drakonische Strafen aus. Viele ehemalige deutsche Soldaten fliehen in die nicht weit entfernte Besatzungszone der Amerikaner, die gleich nach Laichingen beginnt. Kein Wunder. Die Franzosen ignorieren die Entlasspapiere der US-Armee und verfrachten die Männer der ehemaligen Wehrmacht an die Atlantikküste zum Minenräumen.

Dem ist nicht genug. Die Militärregierung demontiert alles, was sie in der Heimat und vor Ort in Münsingen benötigt. Auf Verlangen der Besatzungsmacht müssen die Älbler ihre Maschinen, Autos, Schlachtvieh und vieles mehr den

Französische Soldaten bewachen das Neue Lager in Münsingen.

Männern in Uniform als Repressalien unentgeltlich überlassen. Widerstand ist zwecklos.

Es herrscht Misstrauen, Distanz und Abgrenzung, die die Beziehungen zwischen den beiden Völkern bestimmen. Die Feindbilder und die letzten Kriegstage sind auf beiden Seiten noch in guter Erinnerung.

Hoffnungen der Anliegergemeinden, der Übungsplatz würde im Zuge der Entmilitarisierung Deutschlands aufgelöst, ersticken bald im Keim. Im April 1946 erklärt der Oberkommandierende der französischen Streitkräfte in Deutschland, General de Montsabert, dass das 6.700 Hektar große Gelände bestens dazu geeignet sei, der größte Übungsplatz in der französischen Zone zu werden. Zur Bewachung und Betreuung bezieht die „Companie Autonome Camp de Munsingen" das Lager. Kommandant ist Oberst Paulze d'Ivoy.

Obwohl die Zeit für eine Freundschaft zwischen beiden Ländern noch nicht reif ist, versuchen die Soldaten früh, Kontakte zur Bevölkerung herzustellen. Der für Münsingen zuständige Kreisgouverneur zeigt so viel Entgegenkommen, dass er von Mitte 1946 an zivile Sportveranstaltungen im Außenbezirk des Truppenübungsplatzes zulässt. Dazu stellen die französischen Streitkräfte eine Wiese für Fußballspiele zur Verfügung, damit der Sportverein Böttingen seine Verbandsspiele austragen kann.

Inzwischen sind die Soldaten des „42. Groupement de Camp" die Hausherren im Alten Lager. Die Münsinger nennen sie von diesem Zeitpunkt an nur noch „Lagerkompanie". Im Frühjahr 1947 treffen die ersten französischen Manövertruppen auf der Alb ein. Für die teilweise neu aufgestellten und in der Umgliederung befindlichen französischen Bodentruppen ist der Übungsplatz ein wichtiges Ausbildungsareal, auf dem sie das Zusammenspiel sämtlicher Waffen im Verbund üben können.

Im westlichen Teil des Truppenübungsplatzes können inzwischen Bauern der angrenzenden Gemeinden einige mehr oder weniger große Flächen landwirtschaftlich nutzen.

Die französische Militärbehörde teilt Ende der 40er-Jahre überraschend die ehemaligen Wehrmachtsgrundstücke in Kategorien ein: Kategorie A (notwendiges militärisches Gelände), Kategorie B (bedingt notwendiges militärisches Gelände) und Kategorie C (nicht mehr benötigtes militärisches Gelände). Im Gegensatz zum Truppenübungsplatz und Alten Lager, wird nur das Neue Lager in die Kategorie C eingestuft. Das Lager Feldstetten existiert zu dieser Zeit nicht mehr. Die Älbler haben es nach Ende des II. Weltkrieges geplündert und auseinander genommen, um so an Baumaterial für ihre beschädigten Häuser zu kommen.

Im Juli 1949 informiert die Militärregierung das württembergische Finanzministerium, dass sie das Neue Lager an die im Mai gegründete Bundesrepublik Deutschland zurückgibt. Im selben Jahr legen die Militärs in der Nähe des inzwischen abgetragenen Lagers Gänsewag ein Massengrab für russische Gefangene an, die während des II. Weltkrieges gestorben sind. Die Franzosen überführen 181 Kriegstote, die bislang an verschiedenen Orten der Landkreise Münsingen, Reutlingen, Tübingen und Sigmaringen begraben waren. Sie werden direkt neben den im Ersten Weltkrieg gestorbenen Kriegsgefangenen aus Frankreich, Italien, Polen und Serbien bestattet.

Die Franzosen legen 1949 ein Massengrab für russische Gefangene an, die während des II. Weltkrieges ums Leben gekommen sind. Ein paar Meter davon entfernt ist der Friedhof, auf dem gestorbene Kriegsgefangene des I. Weltkriegs ihre letzte Ruhestätte gefunden haben (unten).

1954 gibt die Kapelle des 5. französischen Husarenregiments ein Platzkonzert vor dem Rathaus in Münsingen.

Am 8. Oktober 1957 kommen die ersten Bundeswehrsoldaten in Münsingen an. Unter ihnen ist Major Kurt Fiebig, der die Militärdienststelle „Deutscher Verbindungsoffizier für die Truppenübungsplätze Münsingen und Heuberg" im Alten Lager eröffnet.

In Gruorn sind zu dieser Zeit neben einigen verbliebenen Einwohnern auch Flüchtlinge untergebracht. Ende 1949 fordert der Württembergische Landtag die Franzosen auf, das teilweise zerstörte Dorf auf dem Truppenübungsplatz an 25 bäuerliche Familien zurückzugeben.

Den Antrag auf Rückführung in die alte Heimat lehnt die französische Militärregierung ab. „Schließlich besteht Bedarf an Übungsplätzen, auf denen Soldaten scharf schießen können", teilen die Offiziere unmissverständlich mit.

1953 ordnen die Franzosen die endgültige Räumung Gruorns an. Dennoch trägt das ehemalige Dorf in den folgenden Jahrzehnten viel zur Aussöhnung zwischen Deutschen und Franzosen bei. Die Militärs erlauben den ehemaligen Gruornern immer an Pfingsten den Zugang zu ihrer ehemaligen Heimat.

Zur Völkerverständigung trägt auch der Vorschlag der Landesregierung bei, an Weihnachten 1953 alliierte Soldaten am 24. Dezember nach Hause einzuladen. Im Gegenzug organisiert die französische Kommandantur für die Arbeiter aus der Umgebung ein Festessen im Lager.

In den folgenden Jahren finden im militärischen Sperrbereich nun auch Reitturniere und Pferdeleistungsschauen des Haupt- und Landgestüts Marbach statt. Die musikalische Betreuung übernimmt dabei die Kapelle des 5. französischen Husarenregiments, das auch Platzkonzerte vor dem Münsinger Rathaus veranstaltet.

1955 laufen die Älbler Sturm. Ihnen kommt zu Ohren, die Militärs planten, den Truppenübungsplatz von derzeit 6.700 Hektar um das Doppelte zu vergrößern. Landwirte in Mehrstetten, Böttingen, Magolsheim, Ingstetten, Justingen, Hausen, Seißen, Breithülen, Ennabeuren, Sontheim, Suppingen und Feldstetten müssen mit Enteignungen rechnen. Es sei ein „Landraub größten Stils geplant", schreibt die „Süddeutsche Wochenzeitung". Ob an diesen „Geheimplänen" etwas dran ist, lässt sich nicht sagen. Die Militärs und Landrat Erwin Schwenk geben zu diesem Thema keinen Kommentar ab.

Am 8. Oktober 1957 ist es wieder soweit. Gut zwölf Jahre nach Kriegsende sind von diesem Tag an wieder deutsche Soldaten in Münsingen präsent. Sie gehören zur Bundeswehr, die zwei Jahre zuvor ins Leben gerufen wurde. Major Kurt Fiebig und drei weitere Soldaten eröffnen in einer alten Mannschaftsbaracke im Alten Lager die Militärdienststelle „Deutscher Verbindungsoffizier für die Truppenübungsplätze Münsingen und Heuberg".

Das Büro hat die Aufgabe, in Zusammenarbeit mit der französischen Truppenübungsplatz-Kommandantur, einen provisorischen Übungsbetrieb aufzubauen. Lager und Übungsplatz befinden sich zu dieser Zeit in einem erbärmlichen Zustand.

Das Musikkorps des Wehrbereichs V gibt am 10. Oktober 1957 ein Konzert vor dem Münsinger Rathaus. Umringt von sieben Panzern der Luftlandepanzeraufklärungskompanie 9.

Am 10. Oktober 1957 kommen die ersten Bundeswehr-Soldaten der 1. Luftlandedivision auf die Alb zum Üben. Aus diesem Anlass veranstaltet das Musikkorps des Wehrbereichs V ein Konzert vor dem Münsinger Rathaus. Umringt von sieben Panzern der Luftlandepanzeraufklärungskompanie 9.

Anfang 1958 folgen Männer des Luftlandebataillons 9 aus Großengstingen. Wenig später das Panzerbataillon 322, ebenfalls aus Großengstingen, und das Panzergrenadierbataillon 25. Altes Lager und Übungsplatz sind in einem schlechten Zustand, melden die Soldaten der Wehrbereichskommando V nach Stuttgart.

Die Panzerbrigade 30 ist im September 1959 der erste deutsche Verband mit mehr als 2.000 Soldaten, der auf einem unter französischer Verwaltung stehenden Platz übt. Wenig später kommen 5.000 Männer, ehemalige Soldaten der „Wiesel“ Division, nach Münsingen und legen Kränze am Ehrenmal der 125. Infanterie-Division nieder und gedenken ihrer toten Kameraden. Bis Mitte der 80er-Jahre folgen weitere Treffen.

1960 unterzeichnen Vertreter der Hardthöhe und des Oberkommandos der französischen Streitkräfte in Deutschland einen Benutzervertrag. Dabei vereinbaren sie die kostenfreie Nutzung des Truppenübungsplatzes durch die Bundeswehr.

Ein französischer Panzer M 47 hat in der Nähe des Münsinger Bahnhofs die Kurve nicht mehr bekommen.

Unter strengster Geheimhaltung werden 1961 NIKE-Flugabwehrraketen auf dem Truppenübungsplatz aufgestellt.

Und zwar mit einem Jahresanteil von 50 Prozent im vierzehntäglichen Wechsel. Im Gegenzug erhalten die Franzosen Belegungszeiträume auf den von den Deutschen verwalteten Plätzen in Baumholder und Heuberg.

Ein Jahr später installieren die Franzosen unter strengster Geheimhaltung NIKE-Flugabwehrraketen auf dem Übungsplatz in der Au. In der Nacht verladen amerikanische und französische Soldaten die Raketen, die mit der Bahn in Münsingen angekommen sind.

Die Bürger sollen davon nichts mitbekommen. Die Polizei fährt mit Lautsprecherdurchsagen durch die Stadt und „warnt" die Bevölkerung vor einem Sturm, der aufkommen soll: „Schließen sie alle Fensterläden und verlassen sie ihre Wohnung nicht. Es besteht Lebensgefahr, wenn sie auf die Straße gehen."

Die Amerikaner stellen den Franzosen die Flugabwehrraketen zur Verfügung, die bis Anfang der 70er-Jahre in Münsingen einsatzbereit stehen. Die Radarstellung auf der Gänsewag betreut die US-Armee, die Raketenstellung in der Au ihre französischen Kameraden.

Unter anderem auch wegen der Raketen erlassen die Franzosen wenig später ein grundsätzliches Betretungsverbot des Truppenübungsplatzes. Bislang durften die Älbler die Hardtstraße, die Straße über Gruorn nach Aglishardt und die

1962 besuchen Verteidigungsminister Franz-Josef Strauß (links) und der französische Staatschef Charles de Gaulle (rechts) die Soldaten auf dem Truppenübungsplatz.

Der aus Metzingen stammende Generalleutnant Hans Speidel (Mitte) ist zu Gast bei den Franzosen im Alten Lager. Er ist Oberbefehlshaber der alliierten Landstreitkräfte in Mitteleuropa.

ehemalige Landesstraße 245c außerhalb der Schießzeiten zu Fuß und mit dem Fahrrad benutzen, um schneller von Böhringen, Zainingen und Feldstetten nach Münsingen zu kommen.

Zu dieser Zeit gibt es Reibereien zwischen Kommandantur und dem Verbindungskommando Truppenübungsplatzkommandantur Münsingen, das seit Juli 1962 diesen Namen hat. Die Männer des französischen Schießbüros lassen die Deutschen immer wieder ihren übergeordneten Rang spüren.

Sie bestehen auf Einhaltung der französischen Bestimmungen, auch wenn sie eklatant gegen entsprechende deutsche Vorschriften verstoßen. Die Schikane geht so weit, dass am 9. September 1962 französische Soldaten die Männer des Verbindungskommandos vier Stunden lang in ihrem Dienstgebäude einschließen.

Grund für dieses ungewöhnliche Verhalten ist der Besuch des französischen Staatspräsidenten Charles de Gaulle, den unter anderen Außenminister Gerhard Schröder, Verteidigungsminister Franz-Josef Strauß und sein französischer Amtskollege Pierre Messmer begleiten.

Der aus Metzingen stammende Generalleutnant Hans Speidel ist ebenfalls unter den militärischen Gästen. Er ist Oberbefehlshaber der alliierten Landstreitkräfte in Mitteleuropa.

1964 besuchen Bundespräsident Heinrich Lübke (zweiter von rechts) und der baden-württembergische Ministerpräsident Kurt Georg Kiesinger (rechts) die Soldaten in Münsingen.

Französische Düsenjets werfen ihre Bomben in der Nähe des ehemaligen Dorfes Gruorn ab, das mitten auf dem Truppenübungsplatz liegt.

1964 besucht Bundespräsident Heinrich Lübke den Truppenübungsplatz. Bei einer Vorführung stürzt ein französischer Düsenjet ab (unten). Wie durch ein Wunder gibt es nur zwei Leichtverletzte. Bei der Waffen- und Fahrzeugschau stellt die Bundeswehr ihre neue Panzerschnellbrücke vor (rechts).

Die Gendarmerie sorgt dafür, dass die sieben Soldaten, zehn Angestellten und 35 Arbeiter das Haus erst wieder verlassen dürfen, nachdem die prominenten Politiker ihre Stippvisite bei der 4.000 Mann starken „3. französischen Division“ auf dem Truppenübungsplatz und im Alten Lager beendet haben.

Die gleiche Prozedur müssen die Deutschen am 17. September 1964 über sich ergehen lassen. Wieder hat sich hoher Besuch angekündigt: Bundespräsident Heinrich Lübke, der französische Außenminister Maurice Couve de Merville, Verteidigungsminister Kai-Uwe von Hassel und der Ministerpräsident von Baden-Württemberg, Kurt Georg Kiesinger, inspizieren die Einheiten der „1. Französischen Armee“ auf dem Platz.

Während einer Vorführung explodiert ein französischer Düsenjet des Typs F 100 wenige Hundert Meter vor der Tribüne der Ehrengäste. Wie durch ein Wunder kann sich der Pilot mit dem Schleudersitz leicht verletzt retten. Die Trümmer des Flugzeuges stürzen in der Nähe von Trailfingen ab. Teile treffen einen sechsjährigen Bub, der sich dabei den Arm bricht. Lübke besucht die beiden Verletzten wenig später im Münsinger Krankenhaus.

Vier Jahre später reist Bundespräsident Heinrich Lübke wieder auf die Alb. Grund dafür ist das Manöver „Schwarzer Löwe“ des II. Korps. Mit dabei sind unter anderen Verteidigungsminister Gerhard Schröder, der baden-württembergische

Die Luftwaffe wirft Napalbomben über dem Truppenübungsplatz ab.

Ministerpräsident Hans Filbinger, der Generalinspekteur der Bundeswehr, Ulrich de Maizière, sowie Altbundeskanzler Ludwig Erhard. Rund 42.000 Soldaten sind an dieser Übung beteiligt, die unzählig viele Generale aus allen NATO-Staaten gespannt verfolgen.

Nach dem Besuch der Politiker normalisiert sich langsam das Miteinander. Die Militärs erneuern in den kommenden Jahren auf dem Übungsplatz das komplette Straßen- und Wegenetz. Der Bau der 38 Kilometer langen Panzerringstraße beginnt 1970. Es folgen ein neues Fernmeldenetz und der Verladebahnhof Oberheutal zwischen Mehrstetten und Münsingen. Außerdem gibt es neue Zielbedienungsunterstände auf den Schießbahnen I und XIII sowie die neu eingerichtete Schießbahn V.

Im selben Jahr beginnt die Bundeswehr mit der Rekultivierung des Platzes. Die Geländebetreuungsstelle führt „Grasgeneral" Richard Schaude an. Die Ausgaben der Hardthöhe in Millionenhöhe lohnen sich. Das Umweltproblem auf dem Areal schwindet, wie sich in den folgenden Jahren zeigt.

Die Soldaten freuen sich. Endlich gibt es in den Unterkünften im Alten Lager Duschen, wenn auch nur mit kaltem

Mitte der 60er-Jahre testet die Bundeswehr den neuen Kampfpanzer Leopard in Münsingen auf Herz und Nieren.

Anfang der 70er-Jahre atmen die Bürger auf. In Oberheutal vor den Toren Münsingens gibt es jetzt einen Verladebahnhof der Bundeswehr. Bislang kamen die Kettenfahrzeuge in der Stadt an und donnerten durch die Straßen Richtung Übungsplatz.

Bis Ende der 60er-Jahre dienen die Gebäude des verlassenen Dorfes Gruorn auch für den Häuserkampf (unten). 1971 weihen Deutsche und Franzosen den „Platz der deutsch-französischen Eintracht" ein und enthüllen einen Gedenkstein im Alten Lager (rechts). Beide Nationen gedenken der Gefallenen im Ersten Weltkrieg.

Wasser. Heizungen wurden in den Räumen ebenfalls installiert. Davon profitieren auch einige Zivilisten. 1971 übt die Katastrophenschutzschule Baden-Württemberg auf dem Platz. Wenig später die Männer des II. Korps, das mit einigen Bataillonen die Übung „Neue Perücke" fährt.

In Gruorn lassen die Franzosen wegen Einsturzgefahr die restlichen zerstörten Häuser abreißen. Das ehemalige Schulhaus und die Kirche bleiben stehen. Dank des kurz davor ins Leben gerufenen „Komitee zur Erhaltung der Kirche in Gruorn".

Schriftsetzer Adam Goller und einige Mitstreiter aus dem ehemaligen Dorf bauen das zerstörte Gotteshaus und die Schule wieder auf. Das Land Baden-Württemberg, die Kirche, der Landkreis und Privatleute steuern das nötige Geld dazu bei.

Während der Herbstübung des II. Korps mit dem Namen „Gutes Omen", an dem rund 45.000 Soldaten teilnehmen, stürzt bei Gundelfingen ein Hubschrauber ab. Er war in eine Hochspannungsleitung geflogen. Die beiden Piloten kommen dabei ums Leben.

Am 11. November 1971 gibt es eine gemeinsame Feierstunde zum Gedenken an die Gefallenen beider Nationen im Ersten Weltkrieg. An diesem Tag weihen Münsingens Bürgermeister Heinz Kälberer und Kommandant Lieutenant-Colonel Jeannerot den „Platz der deutsch-französischen Eintracht" ein und enthüllen einen Gedenkstein im Alten Lager.

Die Militärs feiern im selben Jahr die Einweihung des wenige Kilometer entfernten Verladebahnhofes Oberheutal. Außerdem ist die Zufahrtsstraße von der Hopfenburg zum Alten Lager fertig, die militärische Ortsumgehung von Auingen. Bis zu diesem Zeitpunkt sind die Kettenfahrzeuge auf dem Münsinger Bahnhof angekommen, die dann Tag und Nacht durch die Innenstadt Richtung Truppenübungsplatz donnerten. Zum Leidwesen der Bevölkerung.

Auf dem Truppenübungsplatz findet im Februar 1972 ein Gefechtsschießen verbundener Waffen unter dem Übungsname „Raureif" statt. Unter den Beobachtern befinden sich unter anderen Verteidigungsminister Helmut Schmidt und General Johannes Steinhoff, der Vorsitzende des NATO-Militärausschusses.

Die französische Kommandantur sowie das Verbindungs- und Truppenübungsplatzkommando, so die offizielle Bezeichnung seit Ende 1973, beschäftigen zusammen mehr als 300 zivile Mitarbeiter und Soldaten. Zurzeit üben pro Jahr bis zu 25.000 Soldaten der Bundeswehr auf dem Platz.

In diesem Jahr findet das erste Heimattreffen der Gruorner in ihrer renovierten Stephanuskirche statt, die jetzt „eine Insel des Friedens" mitten auf dem Übungsplatz darstellt.

Diese „Insel" lässt sich ein Jahr später auch Verteidigungsminister Georg Leber zeigen, der sich anlässlich des Manövers

Bundesverteidigungsminister Helmut Schmidt (links) und General Johannes Steinhoff (Mitte), Vorsitzender des NATO-Militärausschusses, verfolgen 1972 ein Gefechtsschießen auf dem Truppenübungsplatz.

Die französischen Soldaten haben ihre eigenen Postkarten, die sie ihren Lieben in der Heimat schicken.

Die Franzosen stellen rund um den Truppenübungsplatz Warnschilder auf (oben). Dort dienen alte Flugzeugwracks als Ziele für die Luftwaffe (rechts).

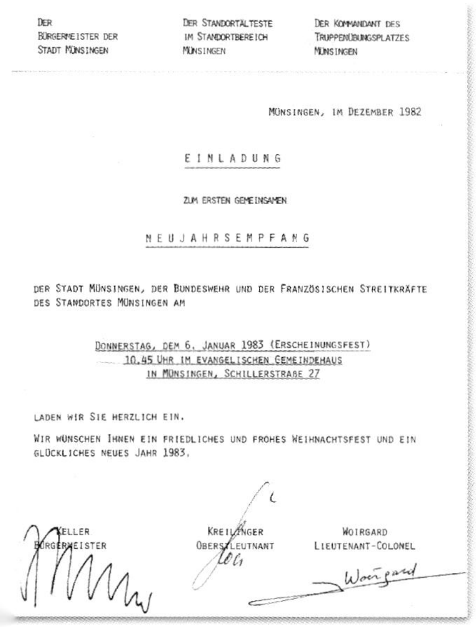

DER BÜRGERMEISTER DER STADT MÜNSINGEN | DER STANDORTÄLTESTE IM STANDORTBEREICH MÜNSINGEN | DER KOMMANDANT DES TRUPPENÜBUNGSPLATZES MÜNSINGEN

MÜNSINGEN, IM DEZEMBER 1982

E I N L A D U N G

ZUM ERSTEN GEMEINSAMEN

N E U J A H R S E M P F A N G

DER STADT MÜNSINGEN, DER BUNDESWEHR UND DER FRANZÖSISCHEN STREITKRÄFTE DES STANDORTES MÜNSINGEN AM

DONNERSTAG, DEM 6. JANUAR 1983 (ERSCHEINUNGSFEST)
10.45 UHR IM EVANGELISCHEN GEMEINDEHAUS
IN MÜNSINGEN, SCHILLERSTRAßE 27

LADEN WIR SIE HERZLICH EIN.

WIR WÜNSCHEN IHNEN EIN FRIEDLICHES UND FROHES WEIHNACHTSFEST UND EIN GLÜCKLICHES NEUES JAHR 1983.

KELLER BÜRGERMEISTER | KREILINGER OBERSTLEUTNANT | WOIRGARD LIEUTENANT-COLONEL

1983 veranstalten die französische Kommandantur (unten) zusammen mit der Stadtverwaltung und den Soldaten der Bundeswehr einen gemeinsamen Neujahrsempfang (oben).

„Reforger" für ein paar Stunden auf dem Platz aufhält.

Bei einem Gefechtsschießen der 10. Panzerdivision, geleitet von Generalmajor Günter Kießling, nehmen 1977 rund 5.000 Soldaten teil. Mit dem „Großen Test" proben die Militärs die neue Heeresstruktur 4 auf der Münsinger Alb. Dabei kommt es zu großen Flurschäden im Raum Bremelau, wettern die Landwirte.

Wenig später weihen die deutschen und französischen Soldaten die neue Panzerwaschanlage in der Nähe des Alten Lagers ein, für die in der Herzog-Albrecht-Kaserne kein Platz mehr war.

Im August 1978 ist der Übungsplatz wieder in allen Medien präsent. Ein Starfighter der Bundeswehr hat aus Versehen den Ort Seeburg beschossen, der in der Nähe des Truppenübungsplatzes liegt. 77 Geschosse Übungsmunition schlugen in Häuser, Autos und Schuppen ein. Wie durch ein Wunder wird niemand verletzt. Später stellt sich heraus, dass ein technischer Defekt an der Bordkanone die Salve ausgelöst hatte. Verteidigungsminister Hans Apel lässt den betroffenen Familien je einen Blumenstrauß als kleine Entschuldigung vorbeibringen.

Mit einem Festakt feiern beide Franzosen und Deutsche 1982 das 25-jährige Bestehen des Verbindungs- und Truppenübungsplatzkommandos Münsingen. „Diese Vermittlerrolle hat sich in den letzten zweieinhalb Jahrzehnten sehr gut bewährt und erheblich zu einer verständnisvollen Zusammenarbeit zwischen Militärs und zivilen Dienststellen beigetragen", freut sich Münsingens Bürgermeister Rolf Keller.

„Viele so genannte Probleme konnten in den vergangenen Jahren oft mit ihrem bekannt werden abgestellt werden", sagt Major Wilfried Hühn. Kommandant Lieutenant-Colonel Jean Woirgrad erinnert bei den Feierlichkeiten an eine Versammlung des örtlichen Albvereins, bei der ein älterer Mann auf ihn zukam und sagte: „In meiner Jugend hätte ich mir niemals eine solche Freundschaft zwischen einem französischen und einem deutschen Offizier vorstellen können."

Am 6. Januar 1983 veranstalten der französische Kommandant, der Standortälteste der Garnison Münsingen, Oberstleutnant Reinhold Kreilinger, und Bürgermeister Rolf Keller zum ersten Mal einen gemeinsamen Neujahrsempfang im evangelischen Gemeindehaus.

Zwei Wochen später feiern die Soldaten beider Nationen „20 Jahre deutsch-französischer Vertrag" und laden zusammen

Hoher Besuch auf dem Truppenübungsplatz Mitte 1983: Bundespräsident Karl Carstens (Mitte), Verteidigungsminister Manfred Wörner und sein französischer Amtskollege Charles Hernu inspizieren die Gefechtsübung „Turenne Vert".

im Oktober zum ersten gemeinsamen Herbstball ins Alte Lager ein. Die beiden Jahrzehnte zuvor veranstaltete die französische Kommandantur ihre Herbst-, Silvester- und Faschingsbälle noch in Eigenregie.

Hoher Besuch kündigt sich Mitte 1983 an. Bundespräsident Karl Carstens, Verteidigungsminister Manfred Wörner und sein französischer Amtskollege Charles Hernu besuchen die deutsch-französische Gefechtsübung „Turenne Vert" auf dem Truppenübungsplatz. Acht französische Jagdbomber des Typs „Jaguar" fliegen einen Angriff auf Panzerattrappen. Dabei verfehlt eine Luft-Boden-Rakete das Ziel und schlägt 200 Meter vor Ennabeuren ein. Kinder, die in der Nähe zelten, kommen mit dem Schrecken davon.

Rund vier Monate später ereignet sich das folgenschwerste Schießunglück auf dem Truppenübungsplatz, bei dem zwei Menschen ums Leben kommen und 15 Personen schwer und neun leicht verletzt werden. Die in Neuburg an der Donau beheimatete Heimatschutzbrigade 56 hatte am 3. Oktober zu seinem Schauschießen für insgesamt 800 Soldaten und zivile Gäste eingeladen. Ein Missverständnis zwischen der Feuerleitstelle und drei Mörser-Kommandanten war Schuld daran, dass anstatt mit Nebelgranaten mit scharfer Munition geschossen wurde. Ein Zwölf-Zentimeter-Geschoss schlug unmittelbar neben den Zuschauern ein.

Dem ist nicht genug. Im selben Jahr schießt eine Haubitze des in der Herzog-Albrecht-Kaserne beheimateten Panzer-

Schweres Unglück am 3. Oktober 1983: Bei einem Schauschießen kommen zwei Menschen ums Leben. Außerdem gibt es 15 Schwerverletzte.

Die Panzerringstraße (Fotos oben) kurz vor ihrer Vollendung. 1988 stellen Eberhard Vöhringer, Mitarbeiter des Staatlichen Hochbauamtes Tübingen, und Eberhard Reik (Foto unten, links) vom gleichnamigen Ingenieurbüro die Planung des letzten Bauabschnittes vor. Baubeginn war im Jahr 1970. Die Gesamtkosten der 38 Kilometer langen Straße betragen rund 38 Millionen Mark. 1989 feiern die Militärs die Einweihung des teuersten Projekts aller Zeiten am Standort Münsingen.

artilleriebataillons 285 mit Übungsmunition über die Platzgrenze bei Breithülen hinaus. Zwei großkalibrige Schüsse des Artilleriebataillons 41 aus Regensburg schlagen in der Nähe des Sprengplatzes Reisach ein. In beiden Fällen gibt es, wie durch ein Wunder, keine Verletzten. Einen toten und einen schwer verletzten Soldaten gibt es indes bei einem Schießunfall, den die kanadischen „Royal Canadian Dragoons" auf dem Platz verursachen. Einzelheiten gelangen nicht an die Öffentlichkeit.

Diese Vorfälle und die vielen Schießübungen bringen die Anrainergemeinden auf die Palme. Vor allem der Krach, der im Sommer nicht selten bis Mitternacht dauert, geht den Älblern auf die Nerven. Kommandant Lieutenant-Colonel Jean Woirgard kontert: „In der Nacht hört der Krieg nicht auf. Wir können auf die schwierigen Übungen nicht verzichten."

1984 besiegeln die Männer der Lagerkompanie „42. Groupement de Camp" mit ihren deutschen Kameraden der ersten Batterie des in der Herzog-Albrecht-Kaserne stationierten Panzerar-tilleriebataillons 285 eine Patenschaft vor dem Rathaus.

Gemeinsame Aktionen, wie Haus- und Straßensammlungen für den „Volksbund Deutscher Kriegsgräberfürsorge" und Übungen folgen. Von 1985 an beteiligen sich die Franzosen regelmäßig am Münsinger Stadtfest. Es gibt unter anderem Quiche Lorraine, Filet mit Morcheln und Champagner.

Jedes Jahr am 14. Juli feiern die französischen Soldaten im Lager ihren Nationalfeiertag, der an den Sturm auf die Bastille erinnert. Dazu eingeladen sind Bürger aus den Gemeinden rund um den Truppenübungsplatz. Sie erfahren, dass das 7. Infanterieregiment bereits im 16. Jahrhundert aufgestellt wurde und die Lagerkompanie „42. Groupement de Camp" die Tradition fortführt.

Rund 4.500 Soldaten nehmen 1985 an der deutsch-französischen Gefechtsübung „Alliance" in Münsingen teil. Unter den Gästen sind zwei alte Bekannte: die beiden Verteidigungsminister Charles Hernu und Manfred Wörner.

1986 gehen Bürger aus Laichingen, Feldstetten und Heroldstatt auf die Barrikaden. Die Kettenfahrzeuge der Panzerbrigade 29, die die Übung „Alb-Rondell" auf der Alb veranstaltet, verursachen schwere Flurschäden.

Mitte 1987 gründen ein paar Auinger eine Bürgerinitiative, die sich über den zunehmenden Schießlärm beschwert. Der Protest ist nicht vergebens. Bereits ein Jahr später finden schalltechnische Vermessungen des Schießlärms in Trailfingen, Auingen, Magolsheim, Ennabeuren, Feldstetten und Zainingen statt. Ende des Jahres sind für drei Wochen mehrere Tausend Soldaten der 1. US-Infanterie-Division auf dem Platz, die ihre jährliche Divisionsübung absolvieren.

1989 feiern die Militärs die Übergabe des letzten Teilabschnittes der Nord-West-Trasse. „Rund 36 Millionen Mark hat die Panzerringstraße gekostet, die in sieben Bauabschnitten in den vergangenen 19 Jahren gebaut wurde", schlägt Eberhard Reik vom gleichnamigen Ingenieurbüro in seinen Unterlagen nach. Jetzt ist die knapp 40 Kilometer lange und 8,5 Meter breite Straße um den Übungsplatz durchgehend befahrbar.

Im selben Jahr beschließen die Soldaten die Umbenennungen der Schießbahnen im Uhrzeigersinn. Die Schießbahn 1 ist im Norden, die Schießbahn 13 im Nordwesten.

Im August 1990 fahren Hunderte zivile Fahrzeuge auf der Panzerringstraße

Deutsche und franzöischen Soldaten bitten im Alten Lager zum Tanz.

50 Prozent der Übungszeit auf dem Truppenübungsplatz steht der französischen Armee zur Verfügung (unten).

Die Panzerwaschanlage beim Alten Lager dient 1990 als Dekontaminationsanlage für zivile Fahrzeuge.

Richtung Panzerwaschanlage. Sie alle lassen sich ihre Autos von Soldaten in Schutzanzügen von oben bis unten mit Wasser reinigen. Was war geschehen? Tags zuvor waren die Pkw, Busse und Lastkraftwagen durch eine giftige Flüssigkeit gefahren, die bei einem Unfall in Münsingen ausgelaufen war. Mit Aufrufen in Zeitungen, im Fernsehen und im Radio wurden die Verkehrsteilnehmer auf diese außergewöhnliche Aktion auf dem Übungsplatz aufmerksam gemacht.

Tage später geht kurz vor der deutschen Wiedervereinigung das Gerücht um, das französische Verteidigungsministerium wolle seine Standorte in Baden-Württemberg schließen. Während sich die Militärs nach außen hin zugeknöpft geben, schmieden sie hinter verschlossenen Türen bereits erste Pläne, was mit den rund 350 Zivilangestellten und Soldaten auf der Alb geschehen soll.

Von 1990 an werden die Schießzeiten in einer „Amtlichen Bekanntmachung" im „Alb Bote" veröffentlicht.

Bekanntmachung

des Verbindungs- und Truppenübungsplatzkommandos Münsingen

1. Nach längerer Unterbrechung beginnt auf dem Truppenübungsplatz Münsingen erneut eine Schieß-/Übungsperiode der Bundeswehr. Dieser Zeitraum beginnt am 26. 8. 1991 und endet am 23. 9. 1991.
2. Während dieses Nutzungszeitraumes gelten folgende Schießzeiten:

Tagesschießen:	Montag bis Donnerstag	8.30-16.00 Uhr
	Freitag	8.30-12.00 Uhr
Nachtschießen:	Dienstag und Donnerstag	21.00-24.00 Uhr
Luftwaffeneinsatz:	Mittwoch	8.30-16.00 Uhr und 21.00-24.00 Uhr

In Anpassung an die Dämmerungszeiten werden die Nachtschießen-/Luftwaffen-Nachteinsatzzeiten ab dem 10. 9. 1991 auf 20.00 bis 23.00 Uhr vorverlegt!

3. Wegen der Gefahren des Schieß- und Übungsbetriebes ist der Öffentlichkeit der Zutritt zum Truppenübungsplatz verboten!

Sie alle leben mit ihren Familien in Auingen. Allerdings in ihrer eigenen Welt. In „Klein Paris", wie sie die Münsinger liebevoll nennen. Eine Siedlung am Rande des Truppenübungsplatzes. Mit Grundschule und Kindergarten, einem kleinen Einkaufsladen „Economat", Post, Bank, Truppenkino, Gendarmerie und Zeitungen aus der Heimat.

Im wöchentlich erscheinenden Mitteilungsblatt gibt es viele Informationen über Deutschland, Baden-Württemberg und den Standort auf der Alb.

Seit vielen Jahren feiert die Garnison im Juni den traditionellen „Journée des Amis", den Tag der Freundschaft, im Alten Lager, zu dem sie die Bevölkerung einlädt. Das Interesse an diesen „Tagen der offenen Tür" hält sich in Grenzen.

Das Schießen auf dem Üungsplatz an Sonn- und Feiertagen ist für die Bundeswehr von sofort an verboten, das Nachtschießen auf zwei Abende pro Woche beschränkt, die Luftwaffe darf nur noch einmal in der Woche mit scharfer Munition üben. Das teilt die Hardthöhe in Bonn im Herbst 1990 überraschend mit.

Die Bürgermeister der umliegenden Gemeinden hatten in den vergangenen Monaten mehrfach im Verteidigungsministerium wegen des Lärms protestiert. Die Franzosen schließen sich der Regelung freiwillig an. Das Verbindungs- und

Truppenübungsplatzkommando gibt jetzt im „Alb Bote“ (Südwest Presse) die Schießzeiten Tage vorher bekannt.

„Ich bin von Bürgermeister Keller und seinem Vorgehen sehr entäuscht“, ärgert sich im Januar 1991 Oberstleutnant Rainer Lotter, der Leiter des Verbindungs- und Truppenübungsplatzkommandos.

Was war geschehen? Per Fax hat das Münsinger Stadtoberhaupt mitgeteilt, dass der Gemeinderat hinter verschlossenen Türen „mit großer Mehrheit beschlossen hat“, eine Beendigung der militärischen Nutzung des Truppenübungsplatzes anzustreben. Als Gründe führt er die „weitreichenden Veränderungen im militärischen Bereich“ an. Im Lauf der Jahre sei der Truppenübungsplatz immer mehr zu einem Störfaktor geworden.

Wenn es nach der Stadt geht, soll aus dem militärischen Areal ein großes Naturschutzgebiet werden. Die Randzonen, so der Bürgermeister, könnten wie bisher landwirtschaftlich genutzt werden. Außerdem denkt er an die Ansiedlung von Gewerbe und Industrie. Das Heeresamt winkt ab.

Kurz danach kommt der Truppenübungsplatz bundesweit in die Schlagzeilen. Eine WDR-Reportage berichtet, dass in Deutschland und in den USA Forschungen laufen, deren Ergebnisse für die Kriegsführung mit biologischen Waffen genützt werden können. Ein Versuch mit milzbrandähnlichen Keimen, der 1978 auf dem Platz auf der Alb stattgefunden haben soll, habe der B-Waffen-Forschung gedient, behaupten die Reporter in diesem TV-Beitrag. Beweise lieferte die Sendung aber nicht.

„Die Franzosen ziehen 1992 aus Münsingen ab“, schreibt der „Alb Bote“ (Südwest Presse) exklusiv in seiner Ausgabe am 29. Mai 1991. Diese Meldung schlägt wie eine Bombe ein. Staatssekretär Eugen Volz, der als Vermittler zwischen der Landesregierung in Stuttgart und dem französischen Hauptquartier in Baden-Baden fungiert, bestätigt diesen Bericht.

Die Militärs geben sich indes bedeckt und bestätigen erst am 22. Juli, dass die französische Lagerkompanie in zwölf Monaten Münsingen verlassen. Der letzte von insgesamt 17 Kommandanten ist Colonel André Lanotte, der den reibungslosen Abzug organisiert. Liebgewonnene Gewohnheiten, wie zollfreier Zigaretten- und Weinkauf sowie die Standortbälle gehören bald der Vergangenheit an, bedauern viele Münsinger.

Colonel André Lanotte ist der letzte französische Kommandant in Münsingen.

Am 7. Juli 1992 verabschiedet sich das 42. Groupement mit einem militärischen Appell aus Münsingen.

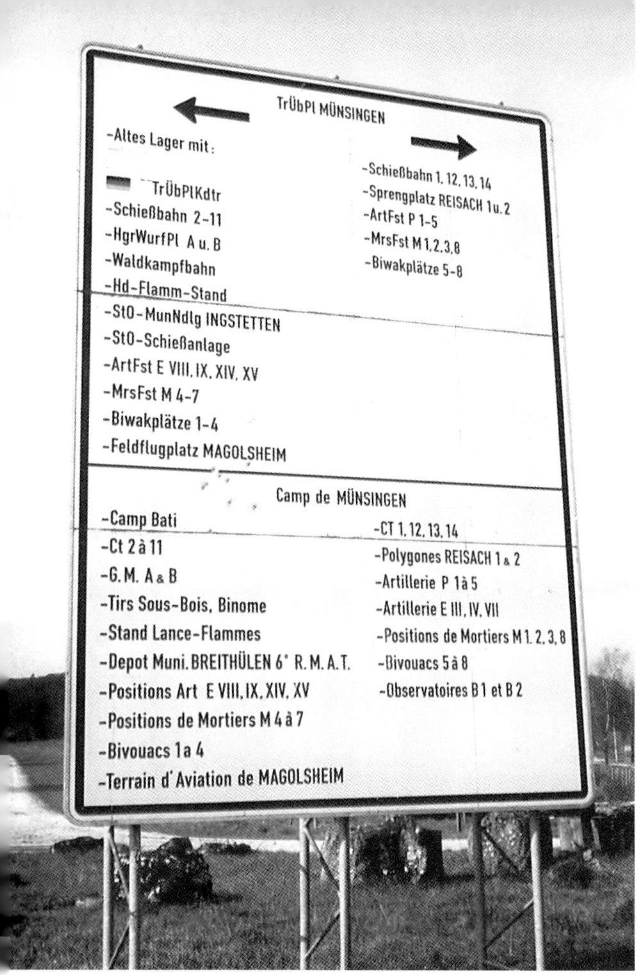

CAMP DE MUNSINGEN

Grand Bal de Carnaval

Großer Faschingsball

Letzte Impressionen von den Franzosen

CITE CADRES
ACCES INTERDIT AUX
TROUPES EN MANOEUVRES
FRANZ. WOHNSIEDLUNG
ZUTRITT VERBOTEN
FÜR DIE ÜBENDEN TRUPPEN

Infirmerie
Ortslazarett

An die Zeit der Franzosen erinnert ein Gedenkstein vor der Kommandantur (oben). Beim Abschied schauten auch einige ehemalige Kommandanten vorbei (v.l.n.r.): Colonel André Lanotte (1990 bis 1992), Colonel Michel Audry (1986 bis 1988), Colonel Jean Woirgard (1982 bis 1984), Colonel Jean Delarbre (1979 bis 1982) sowie der Colonel Guillaume Mayer (1975 bis 1979).

Pro Jahr kommen zwischen 18.000 und 20.000 Soldaten aus ganz Europa zum Üben auf den Truppenübungsplatz Münsingen (rechts). Das gemütliche Beisammensein im Alten Lager kommt dabei natürlich nicht zu kurz (unten).

Am 7. Juli 1992 ist es soweit. Mit einem militärischen Zeremoniell im Alten Lager wird das 42. Groupement offiziell aufgelöst. Mehr als 400 Gäste verfolgen auf dem „Place de France“ die Parade, der Colonel Henri le Boucher d'Herouville, der stellvertretende französische Oberbefehlshaber des II. Armeekorps, beiwohnt. Aus ehemaligen Feinden sind inzwischen gute Freunde geworden, sind sich an diesem Abend alle Beteiligten einig.

Der endgültige Abschied ist leise. Am 31. Juli holen die 30 verbliebenen französischen Soldaten die Trikolore im Alten Lager zum letzten Mal ein. Sie geben die Gebäude und den 6.700 Hektar großen Übungsplatz symbolisch für eine Mark an die Bundeswehr zurück. Dafür machen die Heimkehrer keinen Franc für die anfallenden Räumungs-, Sanierungs- und Rekultivierungsarbeiten locker. Das deutsche Verbindungs- und Truppenübungsplatzkommando löst sich ebenfalls auf.

Nach der Rückgabe des militärischen Areals an die Bundeswehr wird am 1. August 1992 die Truppenübungsplatz-

Oberstleutnant Dieter Kargl ist seit 1. August 1992 Chef der Truppenübungsplatzkommandantur.

kommandantur Münsingen aus der Taufe gehoben. Kommandant ist Oberstleutnant Dieter Kargl, der zuvor bereits ein Jahr lang Leiter des Verbindungs-kommandos im Alten Lager war. Ihm unterstehen 30 Soldaten und 118 zivile Mitarbeiter.

Drei Monate später bekommen die Soldaten zum ersten Mal Besuch von Offizieren der Russischen Förderation, die sich im Zuge einer KSE-Inspektion auf dem Platz umsehen.

Durch die Wiedervereinigung erhält die Bundeswehr weitere Übungsplätze im Osten der Republik. Das 1993 erlassene „Nutzungskonzept für Truppenübungsplätze“ schreibt deshalb vor, die Ausbildung der Bundeswehr künftig weitgehend auf die Übungsplätze zu verlegen. Das Heeresamt schraubt in Münsingen die Kapazität auf 1.200 Soldaten herunter. Zum Vergleich. Unter den Franzosen übten manchmal bis zu vier Mal so viele Männer zeitgleich auf dem 6.700 Hektar großen Areal.

„Dadurch erreichen wir eine Reduzierung des Schießlärms und des Militärverkehrs. Außerdem eine Steigerung der Ausbildungsqualität der einzelnen Soldaten“, teilt Oberstleutnant Kargl mit.

Zum ersten Mal seit fast 100 Jahren dürfen nun Zivilisten das Areal in Augenschein nehmen. Kommandantur und die Volkshochschule bieten seit kurzem Exkursionen an schießfreien Tagen über den Übungsplatz an. Das Interesse ist riesengroß. Es gibt lange Wartelisten.

Sage und schreibe 43 Millionen Mark genehmigt das Verteidigungsministerium in den nächsten 15 Jahren für die Erneuerung und Sanierung des Alten Lagers mit seinen 205 Gebäuden. „Es soll so ausgelegt werden, dass alle 1.200 Soldaten eine zeitgemäße Unterkunft und die dazu gehörende Infrastruktur haben“, sagt

Nach der Übernahme des Truppenübungsplatzes durch die Bundeswehr verringert sich der Schießlärm. Die Zahl der Manöversinkt.

Die Bundeswehr plant Mitte der 90er-Jahre, 43 Millionen Mark für die Erneuerung und Sanierung des Alten Lagers mit seinen 205 Gebäuden auszugeben.

Auf den Flächen des Truppenübungsplatzes grasen das Jahr über bis zu 16.000 Schafe.

Walter Habrik, der stellvertretende Leiter der Standortverwaltung

45 Gebäude stehen unter Denkmalschutz. Nicht geschützte, teilweise einsturzgefährdete Häuser und Schuppen werden abgerissen.

1994 beginnen die Bauarbeiten zur Sanierung der Mannschaftsunterkünfte. Danach sind die Schlafräume der Offiziere an der Reihe. Die elektrischen und sanitären Anlagen lässt die Standortverwaltung ebenfalls auf Vordermann bringen. Jetzt gibt es endlich warmes Wasser. 32 kleine unwirtschaftliche Heizzentralen werden zu zwei Großanlagen umfunktioniert, die das ganze Lager beheizen. Auch die neuen Werkhallen, die die zivilen Mitarbeiter erhalten.

Um das Ausmaß der Umweltgefährdung auf dem Truppenübungsplatz festzustellen, werden sämtliche altlastenverdächtigen Flächen erfasst. Im Auftrag des Staatlichen Hochbauamtes Tübingen erkundet ein privates Ingenieurbüro das Areal. Für diesen Zweck besorgen sich die Fachleute in den verschiedenen Militärarchiven Luftbilder aus den Jahren

Zwischen 1992 und 1996 ist das Fallschirmpanzerabwehrbataillon 283 in der Herzog-Albrecht-Kaserne in Münsingen stationiert. Während dieser Zeit finden zahlreiche Springen über dem Truppenübungsplatz statt.

Der Truppenübungsplatz ist rund 6.700 Hektar groß.

Reges Treiben herrscht auf der Standortschießanlage, die auf dem Übungsplatz beheimatet ist.

zwischen 1944 und 1992. Außerdem lassen sie Zeitzeugen erzählen. Das wenig später vorgelegte Gutachten soll Grundlage für eine Sanierung des Truppenübungsplatzes sein.

Dieses Projekt interessiert auch zwölf Offiziere der Russischen Föderation, die das Wehrbereichskommando V zu einer Informationsveranstaltung „Umweltschutz auf Truppenübungsplätzen" auf die Alb einlädt.

Dort kommen eine Reihe seltener und gefährdeter Tierarten vor. Am bemerkenswertesten ist die große Population des Gebirgsgrashüpfers und der Kreuzkröte in den Halbtrockenrasen. Seltene Vögel wie Steinschmätzer, Braunkehlchen, Heidelerche und Neuntöter brüten gerne auf dem Gelände. Der Krach stört die Tiere anscheinend nicht.

Mit der großflächigen Beweidung von rund 16.000 Schafen wachsen auf den Kalkmagerrasen seltene Pflanzen wie der Frühlings-Enzian, die Echte Küchenschelle und die Silberdistel. Entgegen der landläufigen Meinung ist der Übungsplatz keine Kraterlandschaft, sondern ein Reservat für gefährdete Tierarten.

Die Natur scheint mit den Militärs ein Bündnis eingegangen zu sein. Schäden im Boden durch die schweren Panzerketten führen oft dazu, dass sich seltene Tier- und Pflanzenarten ansiedeln können. Und wenn die Beeinträchtigung der Landschaft doch einmal zu stark ist, rükken die Männer der Geländebetreuung der Standortverwaltung aus und ebnen die Vertiefungen wieder ein.

Rund 30 Prozent des Platzes besteht aus Mischwald und ist deshalb bestens geeignet für großflächige Übungen mit Gefechtsfahrzeugen. Von der Gesamtfläche von 6.700 Hektar nutzten die Militärs rund 4.800 Hektar als Übungsfläche.

Die Ost-West-Ausdehnung beträgt elf Kilometer. Von Nord nach Süd sind es sechs Kilometer. Das Areal bietet ausreichend Platz zum Schießen mit nahezu allen Waffensystemen des Heeres, von Handwaffen bis zu Panzerbordkanonen,

Artilleriewaffen und Luft-Boden-Raketen der Luftwaffe.

Einige dieser Waffen kommen im Februar 1995 zum Einsatz, als die Deutsch-Französische Brigade und das Eurocorps zum ersten Mal gemeinsam mit mehreren Tausend Soldaten auf der Alb üben.

Fünf Monate später, am 16. Juli, strömen fast 40.000 Menschen ins Alte Lager. So viele, wie noch nie auf einen Schlag. Die Kommandantur lädt anlässlich des 100. Geburtstages des Platzes zu einem „Tag der offenen Tür" ein. Die Besucher lassen sich diese Gelegenheit nicht nehmen, einmal ungehindert die alten Unterkünfte und den Truppenübungsplatz unter die Lupe zu nehmen. Ausstellungen, Fotos, Munition, historische Gefechtsfahrzeuge und alte Uniformen erinnern an die wechselvolle Geschichte des Platzes.

Die meisten Besucher zieht es auf die Schießbahn 9. Dort zeigen die Soldaten der beiden in der Herzog Albrecht Kaserne stationierten Bataillone einige Gefechtsvorführungen zu Felde und in der Luft. Nahe des Biwakplatzes Eppenäcker stehen sich groß und klein die Beine in den Bauch, um einmal mit dem MTW (Mannschaftstransportwagen) mitzufahren, der auf dem buckeligen Gelände seine Runden dreht.

Gleich nach dem Jubiläum zieht die Kommandantur um. Neuer Dienstsitz ist das Gebäude PC 3, das ehemalige „Poste de Commandement" der Franzosen. Es liegt nur einen Steinwurf weit entfernt von der lang gestreckten Baracke, wo die Soldaten bislang untergebracht waren. In dem zweigeschossigen Haus hat im oberen Stock die Schießtechnik mit der Leit- und Kontrollstelle ihren Platz. Im Erdgeschoss sind unter anderen der Kommandant und ein Teil des Stabes untergebracht.

Aus der ehemaligen französischen Kommandantur wird ein Lazarett, der Sanitäts-Bereich der übenden Verbände. Einer davon ist das Erfurter Transportbataillon 133. Rund 550 Soldaten erhalten ihren letzten Schliff auf dem Platz. Sie gehören zum so genannten Leitverband

Das ehemalige Gruorner Schulhaus und die renovierte Stephanuskirche nahe der Schießbahn 12.

1995 feiert der Truppenübungsplatz seinen 100. Geburtstag. Zum „Tag der offenen Tür" strömen fast 40.000 Menschen auf das Gelände.

Ende 1996 üben rund 300 Soldaten der Deutsch-Französischen Brigade auf dem Truppenübungsplatz (oben und unten). Sie gehören zum ersten SFOR-Kontingent in Bosnien-Herzegowina.

Transport, der nach Kroatien verlegt. Die Männer haben dort den Auftrag, Munition, Betriebsstoff und sonstige Materialen nach Bosnien-Herzegowina zu bringen, um den Einsatz der NATO-Truppenteile zu unterstützen. „Das Gelände hier auf der Alb entspricht in etwa den Bedingungen vor Ort", begründet Kommandeur Oberstleutnant Günter Freier den einwöchigen Aufenthalt in Münsingen.

Ende 1996 üben rund 300 Soldaten der Deutsch-Französischen Brigade mit ihrem dunkelblauen Barett in Münsingen. Sie gehören zum ersten SFOR-Kontingent, das wenig später nach Bosnien-Herzegowina verlegt wird. Die Männer haben den Auftrag, mit anderen Streitkräften, zur Stabilisierung des Friedens im ehemaligen Jugoslawien beizutragen.

Das Alte Lager ist seit diesem Jahr in der Liste der Kulturdenkmale in Baden-Württemberg zu finden. Im Klartext bedeutet das: Die militärische Anlage ist ein seltenes, überregional bedeutendes Zeugnis der Militärgeschichte, wie es in vergleichbarer Form sonst nicht mehr erhalten ist.

Bundespräsident Roman Herzog empfängt 1996 Hauptfeldwebel Günter Eisenhart. Er ehrt den S1-Feldwebel der Kommandantur in der Bonner Villa Hammerschmidt für sein soziales Engagement. Seit vielen Jahren arbeitet der Auinger nach Dienstschluss als konfes-

Das ganze Jahr über üben die Soldaten in „Schwäbisch Sibierien".

sionsübergreifender Militärseelsorger im Alten Lager und in der Herzog-Albrecht-Kaserne. Er organisiert Bibelkreise und hilft Kameraden bei Alkohol-, Drogen-, Ehe- und Geldproblemen mit Rat und Tat weiter.

Auf der Schießbahn 12 hält Anfang 1997 das Computer-Zeitalter Einzug. Wo bisher über Funk und Schaltknöpfe die Ziele gesteuert wurden, geht das jetzt mit einem Mausklick. 25 Kilometer Strom- und Datenleitungen sorgen dafür, dass die 150 Schützen- und 48 Panzerziele auf Kommando auf- und abklappen.

Auch bei der einige Monate später stattfindenden Hauptübung des II. Korps verlassen sich die Soldaten auf den Computer als neuen Verbündeten. Der „Staufer Löwe" ist das erste Übungsvorhaben der Bundeswehr, bei dem modernste Simulationstechnik zum Einsatz kommt. Die Hochleistungsrechner stellen das Übungsgeschehen mit großer Realitätsnähe dar, lobt Generalinspekteur Klaus Naumann bei seinem Besuch auf der Alb.

Durch den Einsatz der 150 Computer entsprechen die teilnehmenden 3.500 Soldaten fiktiv 70.000 Männern. Die PC stellen zudem den Einsatz von etwa 45.000 Ketten- und Radfahrzeugen dar. In Wirklichkeit haben die Militärs aber nur 900 Fahrzeuge vor Ort.

Rund zwei Wochen später steht die Brigadegefechtsübung „Jäger 97" auf dem Dienstplan. Mehr als 2.000 Fallschirmjäger absolvieren auf dem Truppenübungsplatz eine groß angelegte Luftlandeoperation.

Danach stellen einige Ortsverbände des Technischen Hilfswerks Baden-Württemberg ihr Können auf dem hügeligen Gelände unter Beweis. Im Jahr darauf lässt die 10. Panzerdivision beim „Goldenen Schild" 2.200 Soldaten in Münsingen antreten. Bei dieser Großübung spielen die Computer wieder eine wichtige Rolle.

Tage später lädt die Kommandantur zum ersten Mal den Münsinger Gemeinderat und die Ortsvorsteher der Stadtteile auf den Platz ein. Das Interesse der Kommunalpolitiker ist groß. „Sie können sich alles ansehen, wir haben nichts zu verbergen", verspricht Oberstleutnant Dieter Kargl.

Um den Betrieb auf dem Übungsplatz und im Alten Lager aufrecht zu erhalten, stehen dem Kommandanten derzeit 30 Soldaten, 100 zivile Mitarbeiter und 26 Feuerwehrmänner zur Verfügung. Summa summarum gibt die Bundeswehr für den Betrieb des gesamten Areals im Jahr zwischen 35 und 40 Millionen Mark aus, teilt Oberstleutnant Kargl weiter mit.

Mitte 1998 rücken 2.000 Spanier und Belgier an. Sie nehmen an der Übung

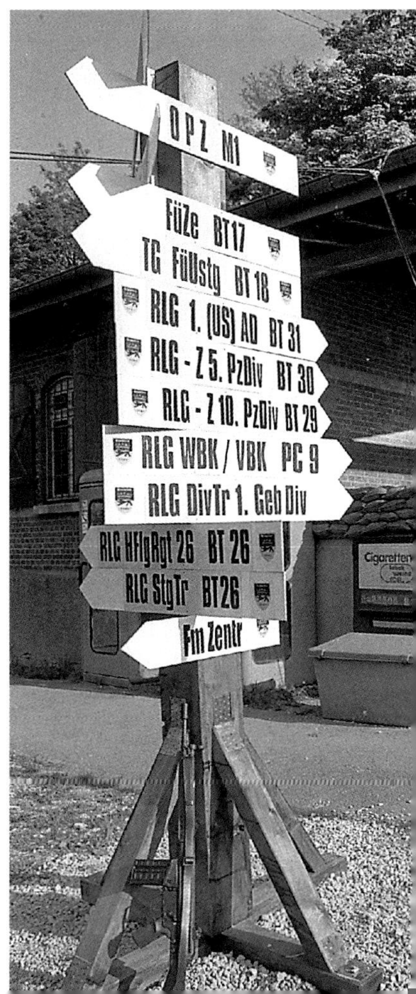

Nicht nur die Bundeswehr (oben) , auch private Firmen, wie zum Beispiel Liebherr aus Ehingen, testen ihre Fahrzeuge auf der Buckelpiste und der Panzerringstraße (unten).

„Pegasus 98“ teil, die das Wehrbereichskommando V und die 10. Panzerdivision organisieren. Ein paar Monate später üben auf der Alb knapp 1.000 Soldaten der Bundeswehr und des französischen Militärs den Ernstfall. Sie gehören dem gemischten Einsatzverband an, der erstmals im Rahmen des neuen Programms „Deutsch-Französische Kohäsion“ zusammen übt.

Am „Tag des offenen Denkmals“ beteiligt sich in diesem Jahr das Alte Lager zum ersten Mal und öffnet ein paar Stunden lang die Schranken für die Bürger. Mitarbeiter des Landesdenkmalamtes führen die Besucher durch die historischen Gebäude.

Dabei erfahren sie unter anderem, dass nicht nur Soldaten regelmäßig zu Gast in den alten Gemäuern und auf dem Platz sind. Auch private Firmen, Vereine und Hilfsorganisationen kommen immer wieder gerne auf den Truppenübungsplatz. So testen zum Beispiel „Liebherr“, „Evobus“, „Wehrtechnik-GmbH“ und „Kuka“ ihre neuesten Fahrzeuge, bevor sie auf den Markt kommen. Auch militärische. Unter anderem Panzertransportfahrzeuge und Schützenpanzer.

Wer alles den Übungsplatz mieten darf, ist in der Zentralen Dienstvorschrift 70/1 der Bundeswehr nachzulesen, die „die Mitbenutzung der Liegenschaft durch Dritte“ bis ins kleinste Detail regelt. Dort steht auch, dass sich nicht jeder X-beliebige Teile des militärischen Areals so einfach mieten kann.

In Frage kommen nur Firmen und so genannte juristische Personen des öffentlichen Rechts. Stammgäste sind unter anderem Feuerwehr, Polizei, Deutsches Rotes Kreuz, Zoll und Technisches Hilfswerk, deren Mitglieder und Bedienstete aus ganz Baden-Württemberg auf die Alb reisen, um realitätsnah üben zu können.

Auch Vereine gehören zur Kundschaft. So veranstaltet zum Beispiel der SV Auingen seine Duathlon-Meisterschaft.

Ende der 90er-Jahre gehört der Truppenübungsplatz Münsingen nach Auskunft von Insidern zu den modernsten in ganz Europa. Kein Wunder. Mehr als fünf Millionen Mark sind dort in den vergangen Jahren investiert worden. Von den 15 Schießbahnen, auf denen mit nahezu allen Waffen des Heeres geschossen wird, sind inzwischen drei computergesteuert.

Das war nicht immer so. „Bis vor kurzem mussten unsere Mitarbeiter noch mit der Petroleumlampe ins Schießbüro. Und im Winter schürten sie den Holzofen an“, schmunzelt Hauptmann Udo Eckbrett, der stellvertretende Kommandant des Platzes. Auch die Schießanlagen waren veraltet. Ursprünglich haben meterlange Seile die olivgrünen Stehaufmännchen miteinander verbunden. Über einen Hebel wurden sie mit Muskelkraft wieder aufgerichtet.

Inzwischen gibt es eine neue Tankstelle im Alten Lager. Kostenpunkt: rund 1,8 Millionen Mark. Die Investitionen kom-

Ende der 90er-Jahre zählt der Übungsplatz auf der Alb zu den modernsten in ganz Europa. Von den 15 Schießbahnen, sind inzwischen drei computergesteuert (oben und unten).

1999 werden Soldaten auf der Alb ausgebildet, die sich für einen möglichen Einsatz als Verstärkungskräfte für die NATO-Notfalltruppen im Kosovo vorbereiten.

men nicht von ungefähr. Zwischen 18.000 und 20.000 Soldaten aus ganz Europa kommen jährlich auf den Platz.

1999 erlebt die Garnisonstadt Münsingen einen Medienrummel, den es seit dem folgenschweren Schießunfall 1983 auf dem Truppenübungsplatz nicht mehr gegeben hat. Der Grund dafür sind 800 Soldaten, die sich auf der Alb auf einen möglichen Einsatz als Verstärkungskräfte für die NATO-Notfallschutztruppen für die OSZE-Mission im Kosovo vorbereiten. Für die Ausbildung ist die Panzerbrigade 18 aus Neumünster beauftragt, die dafür sage und schreibe 1.200 Soldaten nach Münsingen kommandierte.

Eine Auszeichnung für kommunale Bürgeraktionen erhält Peter Hahn, Vorsitzender der Traditionsgemeinschaft Truppenübungsplatz, der zusammen mit weiteren 50 Mitgliedern im ehemaligen Gebäude der Königlich Württembergischen Post eine militärhistorische Ausstellung zusammengestellt hat. Dort können die Besucher die wechselvolle Geschichte des mehr als 100 Jahre alten Übungsplatzes nachvollziehen. Neben historischen Uniformen, Orden, alten Gewehren, Fotos, Befehlen, Postkarten sind unter anderem Originalgegenstände aus dem Soldatenkino und aus den Räumen des Barbiers zu sehen.

Das alles und noch viel mehr lassen sich auch die Mitglieder des Kreistages zeigen. Der Reutlinger Landrat Edgar Wais sagt: „Es war an der Zeit, dass das Gremium mit den Soldaten spricht."

Sie ist ein richtiges Schmuckstück geworden. Die renovierte ehemalige Offizierspeiseanstalt aus dem Jahr 1897, die für 1,5 Millionen Mark in enger Zusammenarbeit mit dem Landesdenkmalamt auf Vordermann gebracht wurde. Zu Beginn des vergangenen Jahrhunderts nutzten deutsche Offiziere das Gebäude als Speise- und Ballsaal. Später dann das französische Militär.

Seit Bestehen des Alten Lagers kontrollieren am Eingang Soldaten, wer hinein und wer hinaus möchte. 2001 ändert sich das. Um Geld zu sparen, führt die Bundeswehr das so genannte „Betreibermodell Bewachung und Technische Absicherung" ein. Jetzt sitzt ziviles Wachpersonal am Eingang und überprüft die Fahrbefehle und die Truppenausweise.

Im selben Jahr teilt das Verteidigungsministerium mit, dass 2004 die benachbarte Herzog-Albrecht-Kaserne und die Standortverwaltung schließen. „Wenn die Soldaten und die zivilen Bediensteten

Seit Ende der 90er-Jahre gibt es im ehemaligen Gebäude der Königlich Württembergischen Post im Alten Lager eine militärhistorische Ausstellung, die über den Truppenübungsplatz zwischen 1895 bis 2005 berichtet.

abziehen, bleibt nur noch die Last des Übungsplatzes, den dann nur noch auswärtige Einheiten benutzen, die keine Mark hier liegen lassen", ärgert sich Münsingens Bürgermeister Mike Münzing, der öffentlich fordert, „jetzt auch den Truppenübungsplatz zu schließen". Rainer Arnold, Mitglied im Verteidigungsausschuss, sagt wenig später bei einer Podiumsdiskussion in der Stadt: „Auf dem Platz gehen die Lichter nicht aus."

Im Frühjahr 2001 gibt die 10. Panzerdivision einen ungewöhnlichen Befehl heraus: „Zur Verhütung der Verbreitung der Maul- und Klauenseuche wird bis auf weiteres ein Verbot für Übungs- und Ausbildungsvorhaben ausgesprochen."

Bundesweit in die Schlagzeilen kommt der Übungsplatz im Herbst 2001 als ein Hubschrauber abstürzt und der Pilot ums Leben kommt. Eine zivile Firma hatte ein neuartiges Rettungssystem für Segelflugzeuge getestet. Das Transportteil, das beide verbunden hatte, war gerissen und nach oben geschnellt, wo es sich dann in den Rotorblättern verfing.

Knapp ein viertel Jahr später erfährt der „Alb Bote" (Südwest Presse), dass das Münchner Wehrbereichskommando IV alle geplanten Baumaßnahmen im Alten Lager und auf dem Truppenübungsplatz auf Eis legt. Das habe nichts zu bedeuten, winken die Militärs ab.

Am 21. Februar 2002 lässt Rainer Arnold, Mitglied im Verteidigungsausschuss, die Katze aus dem Sack: „Truppenübungsplatz und Altes Lager werden Ende 2005 geschlossen." Damit habe keiner vor Ort ernsthaft gerechnet, gibt Kommandant Oberstleutnant Dieter Kargl zu. Immerhin habe die Bundeswehr in den vergangenen zehn Jahren mehr als 25 Millionen Euro in die Modernisierung des Areals und der Gebäude investiert, rechnet er vor.

Bereits einen Monat später findet das letzte Schießen der Luftwaffe mit dem Jagdbombergeschwader 34 aus

Für 1,5 Millionen Mark wird die ehemalige Offizierspeiseanstalt im Alten Lager auf Vordermann gebracht.

Im Herbst 2001 stürzt ein ziviler Hubschrauber ab. Der Pilot kommt dabei ums Leben.

Im März 2002 findet das letzte Schießen der Luftwaffe in Münsingen statt.

Soldaten des II. Deutsch-Amerikanischen Korps aus Ulm bereiten sich auf ihren Einsatz in Afghanistan vor.

Memmingerberg statt. Noch im selben Jahr kommen Soldaten des II. Deutsch-Amerikanischen Korps aus Ulm auf die Alb. Sie bereiten sich unter realistischen Bedingungen auf ihren Einsatz in Afghanistan vor.

Auch wenn der Truppenübungsplatz auf absehbare Zeit geschlossen wird, gibt es keinen Neuanfang mehr in Gruorn, sagt Adam Goller. Der 81-Jährige, den viele liebevoll den „Schultes von Gruorn" nennen, sagt: „Wir haben alle eine neue Heimat gefunden und eine neue Existenz aufgebaut." Auch hält er es für ausgeschlossen, dass die Nachfahren der Gruorner das ehemalige Dorf neu aufbauen wollen. Heute stehen von damals nur noch das Schulhaus und die Kirche nahe der Schießbahn 12.

Die traditionellen Treffen der Ehemaligen finden nach wie vor an Pfingsten und Allerheiligen statt. An diesen beiden Tagen genehmigt die Truppenübungsplatzkommandantur das Betreten von Gruorn. Dieses Angebot nehmen jedes Jahr mehrere Tausend Menschen wahr.

Gleich nach dem Treffen im Herbst 2002 üben 600 deutsche und tschechische Soldaten unter dem Namen „Cannon Cloud" die Bündnis- und Landesverteidigung, die der NATO-Vertrag vorsieht. Die Männer gehören zum II. Deutsch-Amerikanischen Korps aus Ulm und der 1. Mechanisierten Division aus Brünn.

Anfang 2003 feuert das Panzerbataillon 104 aus Pfreimd den letzten scharfen Schuss mit dem „Leopard 2" ab. Ein Jahr später schießen die Soldaten des Panzerartilleriebataillons 295 aus Immendingen zum letzten Mal mit einer Haubitze.

Noch im selben Jahr ist das Alte Lager so gut belegt wie schon seit Jahrzehnten

nicht mehr. Mehr als 3.300 Jugendliche aus ganz Deutschland kommen für eine Woche auf die Alb, um beim 10. Bundesjugendlager des Technischen Hilfswerks mit dabei zu sein. Die jungen Menschen sind in den renovierten Baracken und in Zelten untergebracht, die übers ganze Lager verstreut sind.

Zu gleicher Zeit herrscht reges Treiben auf und neben den Schießbahnen. Von der Bundeswehr beauftragte Kampfmittelräumfirmen sind mehrere Wochen mit 120 Mann im Einsatz. Die Untersuchung des 6.700 Hektar großen Areals läuft bereits seit zwei Jahren.

Unter anderem macht im Rahmen der geophysikalischen Untersuchung ein Ultraleichtflugzeug eine aeromagnetische Befliegung in zwei bis drei Meter Höhe über dem Platz. Vorausgegangen waren historisch-genetische Rekonstruktionen durch Befragung von Zeitzeugen und Auswertungen alter Fotos und Auf-zeichnungen.

Alles zusammen ist die Grundlage für 235 große und kleine Testfelder, die insgesamt etwa ein Prozent der ganzen Fläche des Truppenübungsplatzes ausmachen. Also knapp 70 Hektar. Die Fachleute nehmen die ausgewählten Böden bis in zwei Meter Tiefe genau unter die Lupe. Magnetabscheider sortieren Metallgegenstände aus.

„Nach den Auswertungen, die bis spätestens 2006 vorliegen, wissen wir, wie es wirklich aussieht", erklärt Hans-Jürgen Maurer, Leiter der Münsinger Standortverwaltung, die für die Untersuchung des Platzes rund sechs Millionen Euro genehmigt hat.

Diese Gefährdungsabschätzung soll Grundlage für die Übergabe der Liegen-

120 Männer verschiedener Kampfmittelräumfirmen untersuchen 2003 und 2004 den Truppenübungsplatz in ausgewählten Testfeldern auf seine Altlasten und Munitionsresten. Insgesamt werden 70 Hektar unter die Lupe genommen und ausgewertet.

Ernst-Reinhard Beck, Mitglied des Verteidigungsausschusses, im Gespräch mit Hans-Jürgen Maurer und Manfred Schmitz (beide Standortverwaltung Münsingen), Mathias Muckel von der Oberfinanzdirektion Hannover, die die Kampfmittel-Untersuchungen leitet, sowie Oberstleutnant Dieter Kargl, Kommandant des Truppenübungsplatzes (v.r.n.l.).

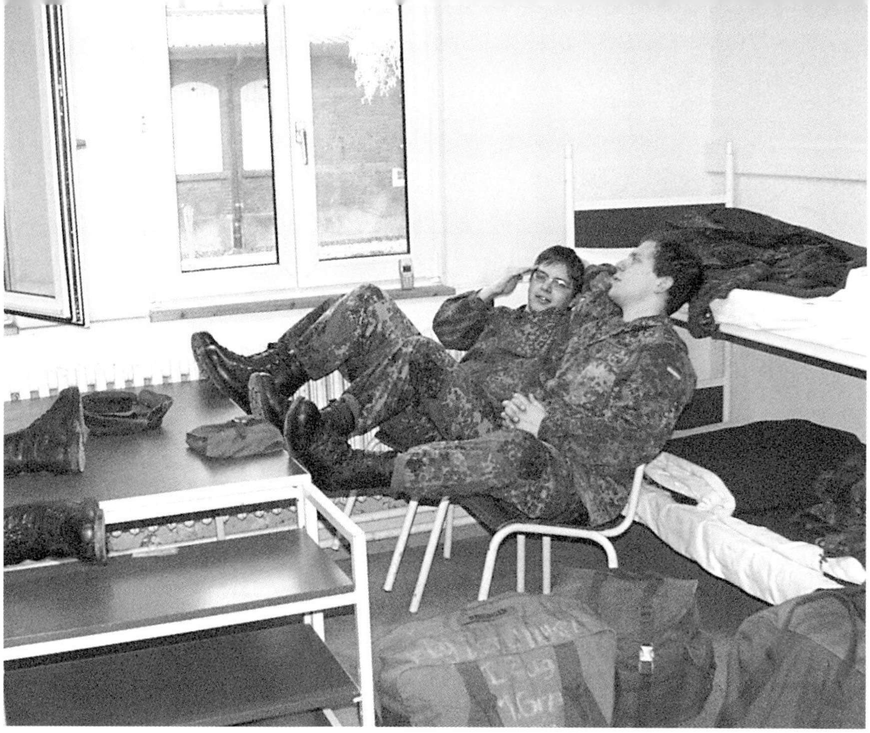

2004 nutzen Soldaten zum letzten Mal die Unterkunftsgebäude im Alten Lager.

schaften in die Zuständigkeit der Bundesvermögensverwaltung sein. Ob und was letztendlich geräumt wird, steht in den Sternen. „Wir können heute nur mit Sicherheit sagen, dass es finanziell nicht machbar ist, den ganzen Platz zu räumen. Auch aus ökologischen Gesichtspunkten nicht, da das Gelände dann wie eine Mondlandschaft aussehen würde", weiß Oberstleutnant Dieter Kargl. Der Kommandant des Platzes nennt Zahlen: Rund 100.000 Euro kostet es, einen Hektar komplett von Munitionsresten zu säubern. Zur Erinnerung: der gesamte Platz ist 6.700 Hektar groß.

Kurz nachdem die Kampfmittelräumer Münsingen verlassen, herrscht helle Aufregung in den Anliegergemeinden rund um den Platz. Die Polizei warnt mit Lautsprecherdurchsagen bis tief in die Nacht vor einer scharfen Handgranate, die nahe der Schießbahn 11 Stunden zuvor gestohlen wurde. Rundfunkdurchsagen in ganz Baden-Württemberg folgen.

Im Oktober kommen Teile der Bundeswehr-Eliteeinheit „Division Spezielle Operation" anlässlich der Übung „Schneller Adler II / 2004" auf den Platz. Unter realistischen Bedingungen proben sie eine Evakuierung deutscher Staatsbürger, die im Ausland wegen eines politischen Umsturzes nicht mehr ausreisen können. Ein Szenario, das irgendwo auf der Welt jederzeit Wirklichkeit werden kann.

Den definitiv letzten Schuss der Nutzertruppe auf dem Truppenübungsplatz feuert Hauptfeldwebel Marc Ermer am 9. Dezember 2004 um 15.04 Uhr auf der

Die moderne Tankstelle, die von der Bundeswehr für 1,8 Millionen Mark gebaut wurde, wird ebenfalls ausgemustert.

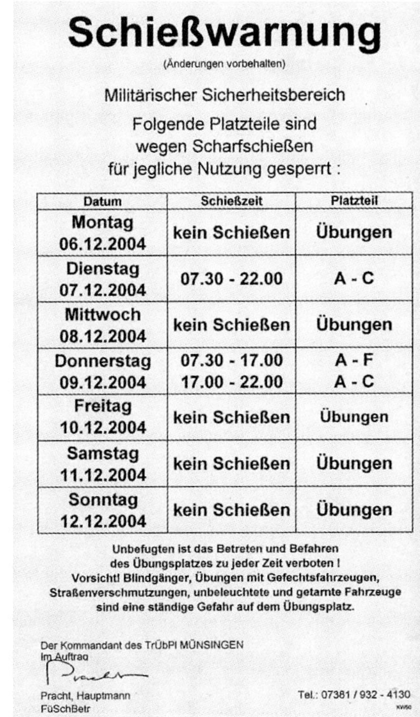

Schießwarnung

(Änderungen vorbehalten)

Militärischer Sicherheitsbereich

Folgende Platzteile sind
wegen Scharfschießen
für jegliche Nutzung gesperrt :

Datum	Schießzeit	Platzteil
Montag 06.12.2004	kein Schießen	Übungen
Dienstag 07.12.2004	07.30 - 22.00	A - C
Mittwoch 08.12.2004	kein Schießen	Übungen
Donnerstag 09.12.2004	07.30 - 17.00 17.00 - 22.00	A - F A - C
Freitag 10.12.2004	kein Schießen	Übungen
Samstag 11.12.2004	kein Schießen	Übungen
Sonntag 12.12.2004	kein Schießen	Übungen

Unbefugten ist das Betreten und Befahren des Übungsplatzes zu jeder Zeit verboten ! Vorsicht! Blindgänger, Übungen mit Gefechtsfahrzeugen, Straßenverschmutzungen, unbeleuchtete und getarnte Fahrzeuge sind eine ständige Gefahr auf dem Übungsplatz.

Der Kommandant des TrÜbPl MÜNSINGEN
Im Auftrag

Pracht, Hauptmann
FüSchBetr

Tel.: 07381 / 932 - 4130

Schießbahn 2 mit einem G36 ab. Er gehört zur 14. Kompanie des IV. Bataillons des Luftwaffenregiments 3 aus Roth in Bayern. „Damit habe ich nicht gerechnet, dass ich einmal den letzten Schuss auf diesem geschichtsträchtigen Platz abfeure“, sagt der 31-jährige Zeitsoldat, umringt von zahlreichen Medienvertretern. Sichtlich gerührt flüstert er, dass dieses Ereignis für ihn „etwas ganz Besonderes ist“ und er sehr stolz sei.

Jetzt ist nur noch die Standortschießanlage nahe der Panzerringstraße im Westen in Betrieb. Die restlichen 25 Soldaten und 70 Zivilangestellten beginnen mit den Aufräumarbeiten im Alten Lager. Auf dem Truppenübungsplatz entsorgen Fachfirmen die alten Panzerwracks, die viele Jahre als Ziele dienten. Bis Ende 2005 sollen alle weg sein.

Und dann? Die Stadt, die umliegenden Gemeinden, der Landkreis und das Regierungspräsidium setzen auf eine behutsame touristische Nutzung des Alten Lagers und des ehemals militärisch genutzten Geländes. Für viele Tierarten und Lebensräume hat der Übungsplatz nicht nur landesweit, sondern in ganz Europa Bedeutung. Deshalb wurde das Areal nach der FFH-Richtline (Fauna Flora-Habitat) ins europäische Schutzgebietsnetz aufgenommen. Es soll daraus ein Naturerlebnisraum werden, den die Menschen auf den vorhandenen Wegen erkunden können. So, wie es bereits „Pazifistische Kreise“ nach dem Ende des Ersten Weltkrieges gefordert haben.

Am 24. Oktober 1895 feuerten Soldaten den ersten scharfen Schuss auf dem Übungsplatz ab, 109 Jahre später, am 9. Dezember 2004, den letzten. Abgefeuert von Hauptfeldwebel Marc Ermer (links) auf der Schießbahn 2 mit einem G 36.

2005 sind Fachfirmen damit beschäftigt, die alten Panzer, die Jahrzehnte lang auf dem Platz als Ziele dienten, auseinander zu nehmen und zu verschrotten.

Impressionen vom Alten Lager

Letzte Impressionen vom Truppenübungsplatz

Schranke
C 9

R 1
B-Stelle B1
Schießbahn 14
Fst-M1W, M1A M1

Auszug aus dem Gästebuch

Vom König bis zum Staatspräsidenten

Während der vergangenen 110 Jahren schauten immer wieder hochrangige Militärs und Politiker im Alten Lager sowie auf dem Truppenübungsplatz vorbei: Vom König von Württemberg bis zum französischen Staatspräsidenten sowie mehreren Verteidigungsministern waren alle da, die Rang und Namen hatten. Ein kleiner Auszug aus dem Gästebuch zeigt, welche Persönlichkeiten in Münsingen waren.

Roman Herzog, 1983
Innenminister, Baden-Württemberg

Karl Carstens, 1983
Bundespräsident

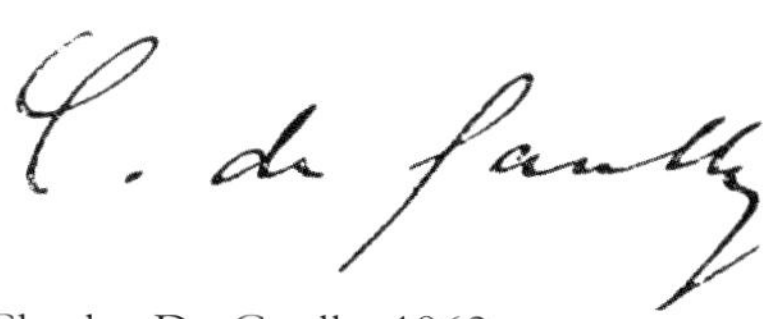

Charles De Gaulle, 1962
Französischer Staatspräsident

Eugen Gerstenmaier, 1968
Bundestagspräsident

Benito Mussolini, 1944
Italienischer Duce

Ludwig Erhard, 1968
Altbundeskanzler

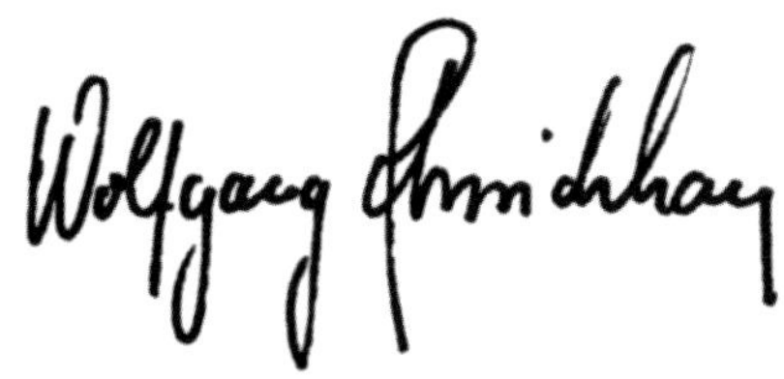

Wolfgang Schneiderhan, 1966
Bundeswehr-Soldat: Panzerschütze
(später Generalinspekteur der Bundeswehr)

Walter Kolbow, 2003
Parlamentarischer Staatssekretär
im Verteidigungsministerium

Wilhelm II, 1897
König von Württemberg

Heinrich Lübke, 1964
Bundespräsident

Heinrich Himmler, 1940
SS-Reichsführer

Kai-Uwe von Hassel, 1964
Bundesverteidigungsminister

Herzog Albrecht von Württemberg, 1908
Kommandierender General des Königlich Württembergischen XIII. Armeekorps

Gerhard Schröder, 1962
Außenminister

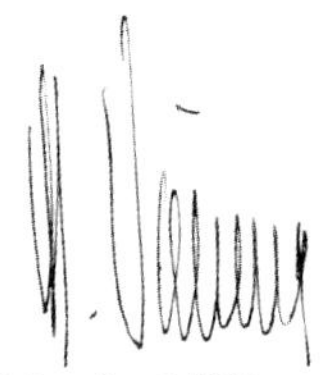

Manfred Wörner, 1983
Verteidigungsminister

Adolf Hitler, 1933
Reichskanzler

Erwin Rommel, 1916
Armee des Kaiserreichs: Oberleutnant
(später Oberbefehlshaber Heeresgruppe B)

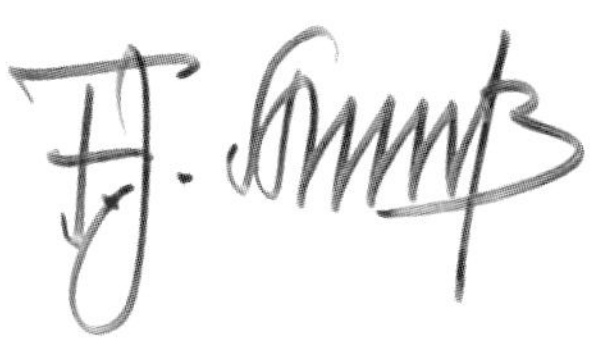

Franz-Josef Strauß, 1962
Bundesverteidigungsminister

Generalmajor Günter Kießling, 1977
Kommandeur 10. Panzerdivision

Hermann Göring, 1933
Reichsminister

Horst Köhler, 1963
Bundeswehr-Soldat: Panzerschütze
(später Bundespräsident)

Werner von Blomberg, 1933
Reichswehrminister

Helmut Schmidt, 1972
Bundesverteidigungsminister

Andreas von Bülow, 1978
Parlamentarischer Staatssekretär im
Verteidigungsministerium

Georg Leber, 1977
Bundesverteidigungsminister

Kurt Georg Kiesinger, 1962
Ministerpräsident, Baden-Württemberg

Remontedepot / Mob-Stützpunkt

Frühling 1898 bis Frühling 2005

Die Militärs kaufen auch im Haupt- und Landgestüt Marbach Remonten ein.

1896 stellt der Stuttgarter Architekt Maerklin die ersten Entwürfe für das württembergische Remontedepot auf dem Hofgut Breithülen vor. Es hat die Aufgabe, für das Königlich Württembergische XIII. Armeekorps junge Pferde auszubilden, die in erster Linie die Artillerie und die Trains (Nachschub- und Transporttruppen) benötigen. Das Königlich Württembergische Kriegsministerium stellt das rund 13 Hektar große Gelände zur Verfügung, das im Osten an den Truppenübungsplatz grenzt.

Bereits ein Jahr später beginnen die Arbeiter mit dem Bau der fünf Stallungen für je 60 Pferde. Krankenstall, Rauhfutter- und Strohscheune, Wagenremise, Kraftwagenschuppen, Beschlagschmiede und Tummelplätze folgen. Zudem entstehen Unterkünfte für die Knechte und ein dreistöckiges Verwaltungsgebäude. Alles zusammen kostet rund 300.000 Mark. Am 1. April 1898 nimmt das Depot unter Major von Pentz seine Arbeit auf. Sein Dienstgebäude ist die so genannte Villa, die dem jeweiligen Kommandanten zusteht.

Aus Schwaben und aus Norddeutschland treffen im Juni 1898 die ersten 250 Remonten (junge Pferde) ein. Die dreijährigen Tiere durchlaufen eine zwölfmonatige Ausbildung, die den militärischen Erfordernissen entspricht.

In der Mitte des Truppenübungsplatzes gibt es einen speziellen Bunker, in dem 20 Pferde Platz haben. Während die Soldaten schießen, stellen dort Knechte die Tiere unter, damit sie sich an den Lärm gewöhnen, erklärt Depotleiter Major von

Fünf Ställe für je 60 Pferde stehen dem Remontedepot in Breithülen zur Verfügung.

Um 1900 gibt es die ersten Postkarten, die das Remontedepot und die Unterkunft des Kommandanten, die „Villa", zeigen.

Pentz. Um die jungen Pferde zusätzlich abzuhärten, bleiben die Stallungen Tag und Nacht geöffnet. Das ganze Jahr über, fügt der Offizier hinzu.

Das Depot, das nicht dem Truppenübungsplatz, sondern direkt dem Königlichen Württembergischen Kriegsministerium untersteht, ist bei den Bewohnern der umliegenden Dörfer ein begehrter Arbeitgeber.

Die Landwirte machen gute Geschäfte mit der Armee des Kaiserreichs. Sie produzieren das Futter für die hungrigen Huftiere, die im Schnitt täglich bis zu sieben Pfund Hafer und 16 Pfund Heu verschlingen. In den Wintermonaten gibt es in erster Linie vor Ort angepflanzte Halbzuckerrüben.

1904 lässt das Depot zusätzliche Wohnungen für die Remonteknechte in Breithülen bauen. Dort leben zu dieser Zeit 61 Menschen.

An Pfingsten 1909 laufen viele Pferde unruhig in der Koppel umher. Es liegt was in der Luft. Im wahrsten Sinne des Wortes. Gemächlich fährt gegen 5 Uhr in der Früh, nur ein paar Meter über dem Boden, das Luftschiff Zeppelin V von Göppingen kommend über die Wiese. Man hätte den Menschen in Breithülen beinahe die Hand geben können, schreibt Jahre später Luftschiffkapitän Georg Hacker in seinen Memoiren.

1925 eröffnet der evangelische Jugendverein Stuttgart in Breithülen ein Jugenderholungsheim. Aus ganz Deutschland kommen Kinder und Jugendliche das ganze Jahr über auf die Alb.

Zwischen 1920 und 1935 sind ein landwirtschaftliches Mustergut und ein Erholungsheim für Kinder und Jugendliche in Breithülen untergebracht.

Von 1914 an leitet Major Baron von König das Depot, das die Militärs nach dem I. Weltkrieg auflösen. Grund: Die Reichswehr hat nicht mehr genügend Pferde zur Verfügung. Die Stadt Stuttgart pachtet 1920 die Stallungen und gründet ein landwirtschaftliches Mustergut. Die ehemalige Hofstelle gleich um die Ecke wird zu einem Wirtshaus umgebaut.

Der evangelische Jugendverein Stuttgart eröffnet 1925 ein Jugenderholungsheim mit 75 Betten. Fünf Jahre später schreibt der „Alb Bote", dass bislang 1.680 Kinder und Jugendliche aus ganz Deutschland auf der Alb waren. Sie blieben zwischen drei und zwölf Wochen.

Der Erfolg spornt den katholischen Ennabeurer Pfarrer Josef Kulmus an. Er mietet Anfang der 30er-Jahre die ehemalige Kommandantenvilla und gründet den Verein „Heim Breithülen". Ziel und Zweck dieser Einrichtung ist es, Jugendlichen aus der Region preiswerte Ferien zu bieten, sagt der Geistliche.

Von 1935 an bildet das Militär wieder Pferde in Breithülen aus.

Ende 1934 kündigt das Reichsvermögensamt die Verträge. Die Wehrmacht benötigt von 1935 an das Gelände für ihre Gebirgstruppen, die belastbare Maultiere brauchen. Die Remontierungskommission, die ihren Sitz in Berlin hat, hält im gesamten Reich nach geeigneten Pferden Ausschau und kauft sie auf.

Im April 1935 kommen die ersten Huftiere aus dem Haupt- und Landgestüt Marbach, teilt der Leiter des Remonteamtes, Major Harry von Müller, seiner vorgesetzten Dienststelle in Berlin mit.

In den folgenden Jahren findet die Musterung der Tiere immer im Oktober und November statt. Reichsoberbeschlagmeister Sinn hat viel zu tun. Pro Jahr sind es bis zu 400 Pferde, die er zu betreuen hat. Die Abkömmlinge von Eselhengst und Pferdestute stammen in erster Linie aus Nordamerika und Argentinien. Die Tiere kommen mit dem Schiff nach Hamburg. Von dort aus bringt sie die Reichsbahn nach Laichingen oder nach Hütten.

Nach der Ausbildung stehen die Remonten den Gebirgsregimentern 99 und 100, dem Gebirgsartillerieregiment 69 und der Gebirgspionierkompanie zur Verfügung. Zwischen 1936 und 1939 lassen die Militärs die Stallungen ausbauen. Angrenzend an das Remonteamt entsteht eine neue Mitarbeitersiedlung.

Zur Zeit sind in der militärischen Anlage 24 Männer beschäftigt: Amtsleiter, Veterinäroffizier, Reitabteilung, Futtermeister, Zahlmeister, Beschlagschmiedemeister und Hilfspersonal. Breithülen zählt 70 Einwohner.

„Die Belegungsfähigkeit des Remonteamtes beträgt auf Grund des vorgeschriebenen Raumbedarfs 300 Remonten. Vorhanden sind 370“, schreibt Major von Müller 1939 an das Oberkommando des Heeres in Berlin. Er fügt hinzu, dass „bei äußerster Ausnutzung der Krippelängen und ohne Rücksicht auf den Raumbedarf, die Überbelegung auf bis zu 400 Remonten gesteigert werden kann“.

Am 1. Oktober 1942 verfügt Reichsstatthalter Wilhelm Murr den gemeindefreien „Heeresgutsbezirk Münsingen“, an den auch Breithülen angeschlossen wird. Bislang gehörte das Hofgut zur Gemeinde Ennabeuren.

Ein paar Wochen später müssen alle Remontewärter an die Front. Ihre Arbeit erledigen, so gut es geht, verwundete Soldaten. Von 1943 an kommen nur noch vereinzelt junge Pferde nach Breithülen. Dafür rücken immer mehr Soldaten an, die das Areal als Unterkunft nutzen, da die vier Lager des Truppenübungsplatzes bereits von Kameraden beziehungsweise Kriegsgefangenen belegt sind.

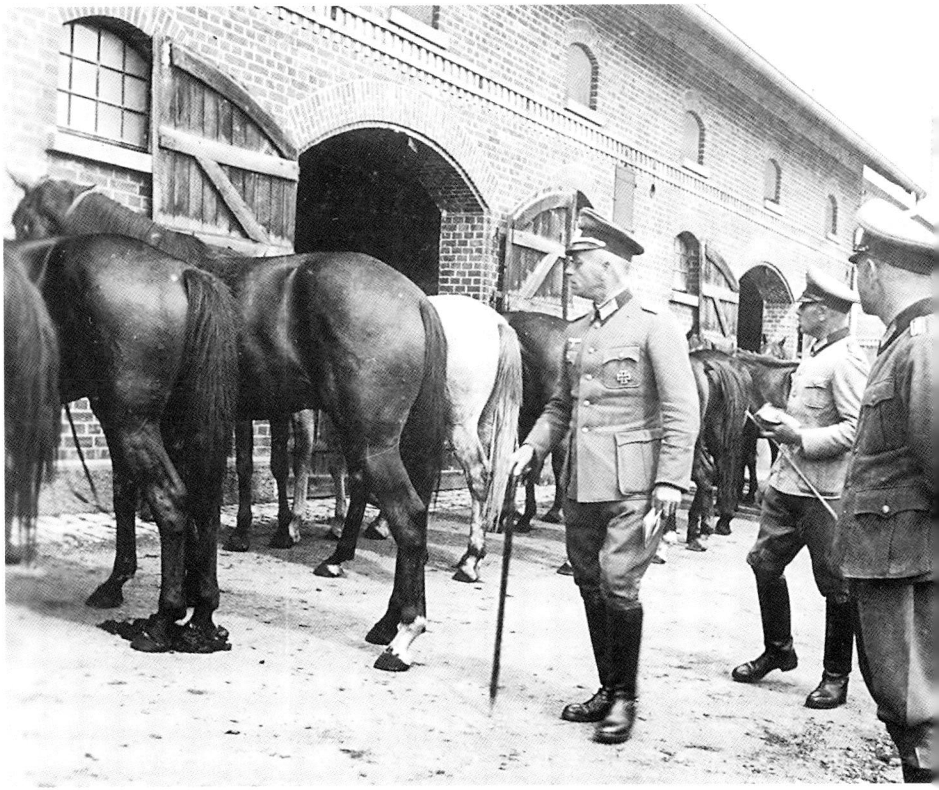

Amtsleiter Major Harry von Müller überwacht (unten) die regelmäßig anstehenden Remonteprüfungen.

Sobald die neuen Remonten in Breithülen ankommen sind, werden sie sofort vermessen und fotografiert.

Als die Amerikaner im April 1945 einmarschieren, besetzen sie das Remonteamt und stecken Major von Müller in ein Kriegsgefangenenlager.

Im Herbst 1945 übernehmen die Franzosen das Gelände. Viele der dort verbliebenen Pferde verfrachten sie in die Heimat. Ein paar Tiere verkaufen sie an Landwirte in der Umgebung. In den leerstehenden Stallungen und Unterkunftsgebäuden finden Flüchtlinge für kurze Zeit einen Unterschlupf.

1946 wandelt die französische Besatzungsmacht das Gelände in ein landwirtschaftliches Gut um, bevor es die Militärbehörde Ende der 40er-Jahre dem Land Württemberg übergibt. Ein landwirtschaftlicher Betrieb mit rund 100 Kühen und 700 Schweinen mietet sich ein. Das württembergisch-hohenzollerische Finanzministerium setzt Landwirt Heinrich Straub als Verwalter ein.

In einem Gebäude ist das Jugendsozialamt untergebracht. Dekan Josef Kulmus

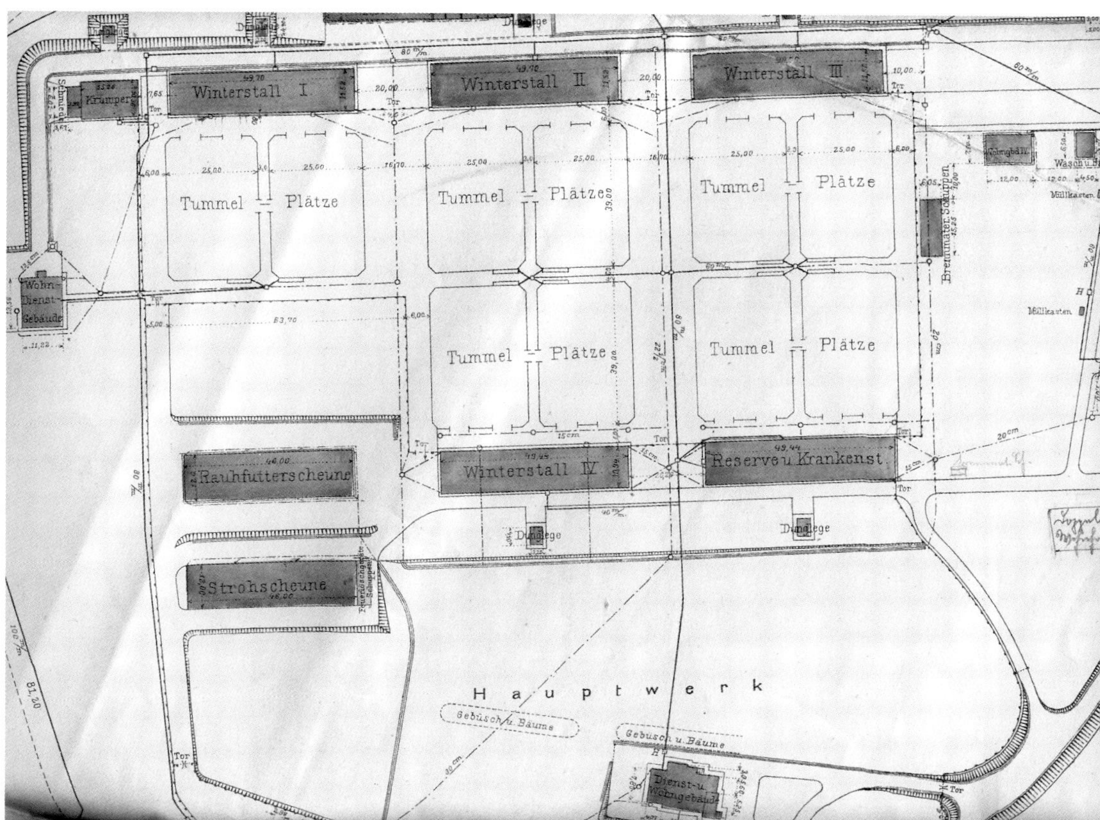

Auf diesem Plan sind die Gebäude und Stallungen des Remonteamtes Breithülen abgebildet.

1961 übernimmt die Bundeswehr das Areal. Im Verwaltungsgebäude sind die Mob-Feldwebel untergebracht.

aus Ennabeuren organisiert wieder seine beliebten Ferienfreizeiten für Kinder. Er erhält das Gebäude Nummer 11, die ehemalige Kommandantenvilla. Dazu gehören eine Holzbaracke, Hühnerstall, Garten, Parkanlage sowie eine Obstbaumwiese. Alles zusammen ist rund 1,5 Hektar groß.

1960 kündigt die Oberfinanzdirektion Stuttgart auf Anordnung des Verteidigungsministeriums von heute auf morgen alle Verträge. Die Hardthöhe benötigt die Liegenschaft von 1961 an als Mobilmachungsstützpunkt für nicht aktive Verbände aus dem Bereich des Wehrbereichskommandos V und des II. Korps.

Mobilmachungsübung eines Feldlazaretts: Der Platz im Innern des ehemalige Remonteamtes reicht kaum aus.

1974 findet eine der vielen Mobilmachungsübungen in Breithülen statt.

Stabsfeldwebel Erich Schießl ist von 1970 bis 1988 Kompaniefeldwebel im Mobilmachungsstützpunkt.

Von diesem Zeitpunkt an sind dort unter anderem Geräteeinheiten von Krankenkraftwagen-Kompanien, Feldlazaretten und Sicherungskompanien mehr oder weniger lang untergebracht, weiß Norbert Herrmann von der Standortverwaltung Münsingen.

Da die Lagerkapazitäten langsam knapp werden, lässt die Bundeswehr Mitte der 60er-Jahre auf der gegenüberliegenden Straßenseite der L 230 elf große Blechhallen mit ausreichend Stauraum bauen. Sie sind zwischen 600 und 700 Quadratmeter groß. Bis Anfang der 90er-Jahre stehen dort zeitweise bis zu 200 Sanitätsfahrzeuge aller Art.

Von 1970 bis 1988 ist Stabsfeldwebel Erich Schießl Kompaniefeldwebel. So lange wie kein anderer. Während seiner Zeit sind in den ehemaligen Stallungen Aurüstungsgegenstände, Operationstische, Betten, Medikamente, Zelte und Handwaffen des Krankentransportbataillons 230, der Feldlazarette 215 und 217, des Jägerbataillons 561, des Sanitätsbataillons 750 sowie des Leichten Pionierbataillons 17 untergestellt. Die Mobilmachungstruppenteile werden im Verteidigungsfall oder bei Übungen mit Reservisten reaktiviert, erklärt der Berufsoldat.

Während Schießls Dienstzeit tut sich viel im Mobilmachungsstützpunkt. Die Standortverwaltung lässt die ehemaligen Ställe, die Villa und das Verwaltungsgebäude sanieren. In den Hallen werden Heizungen installiert.

Auch die Breithülener atmen auf. 1972 erhält das ehemalige Remonteamt eine Anbindung an die Panzerringstraße. Jetzt können die Soldaten von Richtung Truppenübungsplatz her kommend ins Mob-Lager fahren. Somit halten sich die Lärmbelästigungen in Grenzen.

1983 wird in der Herzog-Albrecht-Kaserne das Panzerbataillon 653 als Geräteeinheit aufgestellt. Mehr als 30 Panzer des Typs M 48 stehen in den Blechhallen. Damit die Kettenfahrzeuge des nichtaktiven Verbandes nicht rosten und jederzeit einsatzbereit sind, ziehen ihnen Soldaten spezielle Hüllen über, die die Luftfeuchtigkeit elektrisch konstant halten. Außerdem stellt die Standortverwaltung Münsingen zusätzliche Wachmänner mit Hunden ein. Eine Bewachung rund um die Uhr ist vorgeschrieben.

Vier Kompaniefeldwebel und 20 Zivilbedienstete sind im Schnitt in Breithülen beschäftigt. Dazu kommt noch die zivile Wachmannschaft. Abwechselnd ist einer der Soldaten der so genannte Mobilmachungsstützpunktoffizier, der die Dienststellung eines Kommandanten hat. Die vorgesetzte Dienststelle ist das Sanitätskommando 2 in Ulm.

In Italien erschüttert 1976 ein schweres Erdbeben die Region Friaul nördlich von

Der Eingang des Mobilmachungsstützpunkts. Eine zivile Wache sorgt für Sicherheit.

Udine. Rund 1.000 Menschen kommen dabei ums Leben, fast 100.000 sind obdachlos. Die Hardthöhe in Bonn ordnet an, dass Soldaten die medizinischen Geräte, die Fahrzeuge und die Medikamente des in Breithülen stationierten Feldlazaretts 215 in die Katastrophenregion verfrachten.

„Militärischer Sicherheitsbereich, Fotografieren verboten", steht in großen Buchstaben an der Wache zu lesen. Am 5. September 1992 setzt Hauptfeldwebel Emil Zäh dieses Verbot für einige Stunden außer Kraft. An diesem Tag kommen 70 ehemalige Breithülener auf das Gelände. Sie feiern ein nicht alltägliches Klassentreffen.

Einen Steinwurf von der ehemaligen Kommandantenvilla steht ein Gebäude, das ihnen von 1955 bis 1966 als Gutsschule diente und seit 1967 der Bundeswehr gehört. Die Klassen 1 bis 8 wurden die ganzen Jahre über von jeweils einem von insgesamt vier Lehrern unterrichtet. Zwei von ihnen, die Pädagogen Gastel und Lechler, sind bei dem Treffen auf der Alb mit von der Partie, bei dem sie nicht nur alte Erinnerungen, sondern auch viele Fotos von damals austauschen.

Von 1981 bis 1993 ist in Breithülen das nicht aktive Sanitätsbataillon 210 aus Kempten untergebracht. „In den vergangenen Jahren haben wir mit unseren 650 Reservisten acht Truppenwehrübungen im ehemaligen Remonteamt absolviert", erinnert Kompaniefeldwebel Stabsfeldwebel Reiner Martin während des Abschiedsappells.

Ein paar Wochen später nistet sich die Reservelazarettgruppe 7540 aus der Engstinger Eberhard-Finckh-Kaserne als Geräteeinheit für ein paar Monate in Breithülen ein. Ebenfalls dort untergebracht ist zu dieser Zeit das nicht aktive Krankentransportbataillon 230, das Hauptfeldwebel Emil Zäh am 31. März 1997 auflöst.

Danach haben die ehemaligen Stallungen und Blechhallen als Mobilmachungsstützpunkt ausgedient. Von dieser Zeit an nutzen das Gerätehauptdepot Feldstetten

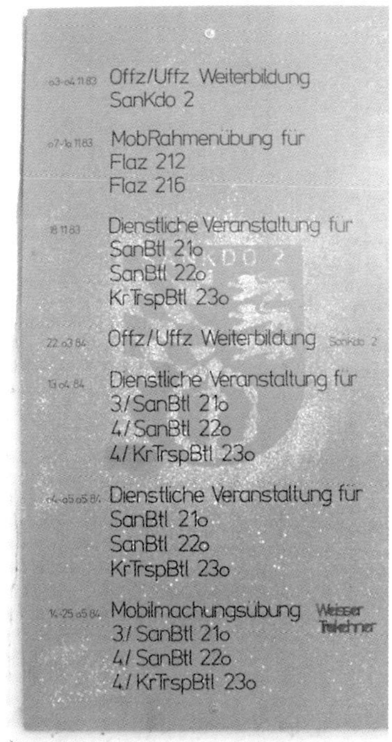

Seit Mitte der 60er-Jahre stehen den verschiedenen Geräteinheiten elf geräumige Blechhallen in Breithülen zur Verfügung.

Der Mobilmachungsstützpunkt Breithülen von der Vogelperspektive aus gesehen. Links sind zwei der insgesamt elf Blechhallen zu sehen.

und das in der Münsinger Herzog-Albrecht-Kaserne stationierte Panzerartilleriebataillon 285 einige Hallen zum Unterstellen von Material und Fahrzeugen.

Von Mitte der 90er-Jahre an finden in Breithülen nur noch Übungen der Bundeswehr statt. Unter anderem erhalten dort die SFOR- und KFOR-Soldaten ihren letzten Schliff, bevor sie in den Auslandseinsatz gehen. Untergebracht sind die Männer im Obergeschoss der Stallungen, in der Schule und in der Villa.

Mitte November 2004 herrscht zum letzten Mal militärisches Leben in Breithülen. Die Soldaten des Heimatschutzbataillons 511 aus Stuttgart kommen auf die Alb.

Danach ist endgültig Schluss. Still und leise, ohne ein militärisches Zeremoniell, übergibt die Bezirksverwaltung Münsingen, die seit Herbst 2004 zur Standortverwaltung Ulm gehört, am 20. April 2005 das geamte Gelände mit allen Gebäuden und Blechhallen an die Bundesanstalt für Immobilienaufgaben.

Von 1981 bis 1993 ist das Sanitätsbataillon 210 in Breithülen stationiert. Stabsfeldwebel Reiner Martin (dritter von links) und seine zivilen Mitarbeiter stellen sich zum Abschied fürs Erinnerungsfoto in Positur.

Die „Villa" diente während der vergangenen Jahrzehnte den jeweiligen Kommandanten als Dienstwohnung, Kinder- und Jugendlichen als Feriendomizil und Soldaten als Unterkunft.

Nach Auskunft von Fachgebietsleiter Gerhard Kroeker soll das Areal in den kommenden Monaten an private Investoren verkauft werden.

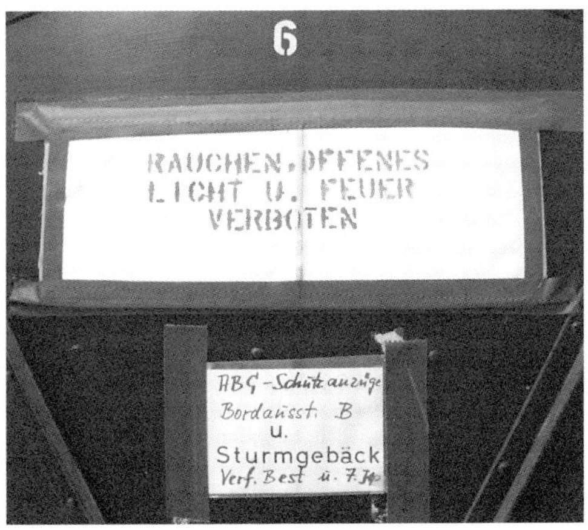

Bis 1997 nutzt die Bundeswehr Breithülen als Mobilmachungsstützpunkt. Danach finden bis 2004 Übungen auf dem rund 13 Hektar großen Areal statt.

Neues Lager / Herzog-Albrecht-Kaserne

Sommer 1915 bis Frühling 2004

Das 16 Hektar große Areal für das Neue Lager stellt die Oberamtsstadt Münsingen dem Württembergischen Kriegsministerium kostenfrei zur Verfügung.

Das Württembergische Kriegsministerium ordnet zu Beginn des Ersten Weltkrieges an, in der Nähe des 20 Jahre zuvor ins Leben gerufenen Truppenübungsplatzes, ein weiteres Lager für Kriegsgefangene zu bauen. Die 16 Hektar große Fläche stellt die Oberamtsstadt Münsingen kostenfrei zur Verfügung, um so am wirtschaftlichen Aufschwung des militärischen Betriebs teilzuhaben.

Kurz vor der Fertigstellung im Sommer 1915 kommt es anders als geplant. Weil das Kriegsministerium immer neue Einheiten aufstellt, braucht es die 38 Holzbaracken für ihre eigenen Soldaten. Bereits ein Jahr später sind im Barackenlager II, das später Neues Lager heißt, knapp 1.500 Männer stationiert.

Einer der Verbände ist das Ersatzgebirgsbataillon, das die Aufbau- und Ausbildungsarbeit für das aus der württembergischen Schneeschuh- und Gebirgskompanie entstandene Gebirgsbataillon leitet. Unter anderen ist Leutnant Erwin Rommel im Lager, der Jahre später als erfolgreicher Feldherr in die Geschichte eingeht und sich 1944 der Widerstandsbewegung gegen Hitler anschließt.

Wegen der Rüstungsbeschränkungen des Deutschen Reiches sind nach Ende des Ersten Weltkrieges nur ein paar Ersatztruppen im Neuen Lager untergebracht. Und zwar die erste, dritte und vierte Ersatz-Maschinengewehr-Kompanie sowie die Übungsbatterie des Königlich Württembergische XIII. Armeekorps.

Danach kommt die Württembergische Freiwilligenabteilung Haas mit verschiedenen Bataillonen, Abteilungen und Regimentern auf den Truppenübungs-

platz. Die Soldaten, eingeteilt für den Schutz der Ostgrenze, sind nicht nur im Neuen, sondern auch im Alten Lager sowie in den Lagern Gänsewag und Feldstetten untergebracht.

Anfang 1919 trifft überraschend der Befehl des Württembergischen Kriegsministeriums ein, dass der Verband aufzulösen sei.

Wenig später dienen die 38 Holzbaracken im Neuen Lager knapp ein Jahr lang deutschen Kriegsheimkehrern als Durchgangslager. Kommandant ist Major Bauer.

Das Reichsschatzministerium vertritt den Standpunkt, das Neue Lager zu verkaufen. Das Württembergische Kriegsministerium hält von diesem Vorschlag nichts und teilt mit, die Baracken für militärische Zwecke zu behalten. Und zwar für die Truppen, die auf dem Übungsplatz ihre Manöver abhalten.

„Ob eine dauernde Belegung des Lagers mit Truppen möglich sein wird, lässt sich zur Zeit nicht übersehen", teilen die Offiziere mit und fügen hinzu: „Jedenfalls wird das Kriegsministerium bei allen Entscheidungen über Verwendung des Lagers die Interessen der Stadt Münsingen soweit als möglich berücksichtigen."

Im Sommer 1921 kommt die 8.000 Mann starke 5. Division aus Stuttgart auf die Alb, geführt von General Walther Reinhardt. Die Soldaten lassen sich in allen vier Lagern nieder, die wenig später Reichswehrminister Otto Geßler inspiziert. Nach der Übung verlassen sie wieder die Alb.

Nach dem I. Weltkrieg dienen die Holzbaracken von 1919 bis 1920 als Durchgangslager für Kriegsheimkehrer. Die ankommenden Männer werden am Bahnhof abgeholt. Kommandant Major Bauer und seine Mitarbeiter haben die Aufgabe, die eintreffenden Einheiten des alten Heeres aufzulösen, die Soldaten zu registrieren und die Heimkehr nach Hause zu organisieren (oben und unten).

1931 sind im Lager Studenten und Arbeitslose untergebracht. Sie verreichten „Freiwilligen Arbeitsdienst". Lagerleiter ist Carlo Schmid.

1927 rücken die Soldaten aus Stuttgart wieder ein. Sie sind in allen vier Lagern untergebracht. Der württembergische Staatsminister Bazille ist bei der Abschlussparade auf dem Truppenübungsplatz in Münsingen mit dabei. Danach zieht der Verband wieder ab und das Neue Lager steht für längere Zeit leer.

Zwei Jahre später ziehen junge Leute ein. Der Schwäbische Albverein eröffnet die erste Jugendherberge in Münsingen. Während dieser Zeit bilden sich überall in Deutschland so genannte Notstandsarbeitsgruppen, die sich für einen „Freiwilligen Arbeitsdienst" einsetzen. 1931 auch in Tübingen. Untergebracht sind die

Inzwischen gibt es unzählig viele colorierte Postkarten, die das Neue Lager in Münsingen von innen und von außen zeigen.

Studenten und Arbeits-losen im Neuen Lager, geleitet von Carlo Schmid, der Jahre später in der SPD Karriere macht.

Mit den Kriegsvorbereitungen des nationalsozialistischen Deutschland kommen im Oktober 1935 das II. Bataillon des Infanterieregiments 34 „Heilbronn" und das Ausbildungsbataillon des Infanterieregiments 35 „Tübingen" nach Münsingen. Die Soldaten sind im Neuen und im Alten Lager stationiert.

Im Sommer 1936 verlassen die Männer wieder die Mittlere Alb. Eine Erziehungseinheit, die Sonderabteilung V, kommt auf das 16 Hektar große Gelände. Sie bleibt drei Jahre lang in Münsingen. Kurz vor Kriegbeginn sind im Lager 2.250 Soldaten und 150 Pferde untergebracht.

Als am 1. September 1939 die Wehrmacht in Polen einmarschiert, sind die Lager wie leergefegt. Während dieser Zeit sind die restlichen Streitkräfte im Westen zum Grenzschutz eingeteilt.

Im Jahr 1940 sind neben anderen kleineren Einheiten auch Teile der 125. Infanteriedivision, die so genannte „Wiesel"-Division, im Neuen Lager stationiert.

Ende 1943 stellt der italienische Staatschef Mussolini in Münsingen die 4. Italienische Gebirgsdivision „Monte Rosa" auf. Die Soldaten wohnen im Neuen und im Alten Lager.

Eine Gedenktafel erinnert in Münsingen an die dort Anfang der 40er-Jahre stationierte 125. Infanteriedivision, der so genannte „Wiesel"-Verband.

1944 quartiert sich die russische Wlassow-Armee im Neuen Lager ein, die in Diensten der deutschen Wehrmacht steht.

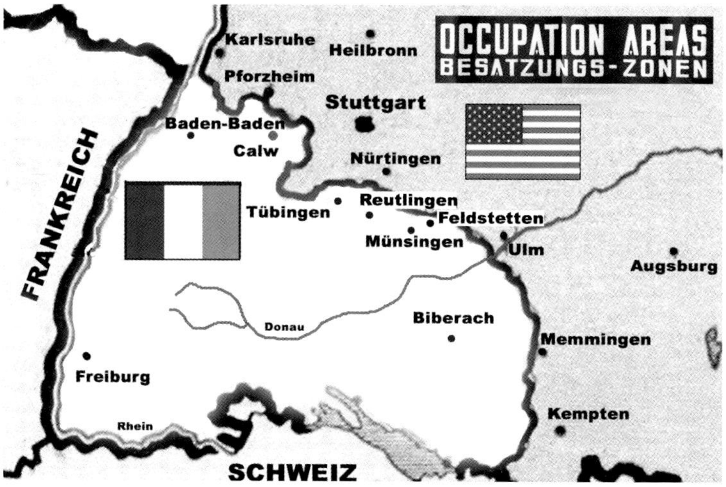

Ende 1945 stehen die Grenzen der Besatzungsmächte fest. Münsingen, Feldstetten, Breithülen und Laichingen gehören zur französischen Zone. Suppingen, Blaubeuren und Ulm zur amerikanischen.

Ein Jahr später quartieren sich Teile der russischen Wlassow-Division ein, die in Diensten der deutschen Wehrmacht steht. Als die Amerikaner im April 1945 kurz vor Münsingen stehen, machen sich die meisten Soldaten aus dem Staub.

Nach dem Kriegsende übernimmt für kurze Zeit die US-Armee Truppenübungplatz und die anderen Lager, die sie im August im Zuge der Einteilung der vier Besatzungszonen in Deutschland den Franzosen übergeben. Für die Instandsetzung und Reinigung ist die Stadt Münsingen verantwortlich.

„Die Arbeiten müssen binnen 15 Tagen beendet sein, heißt es in einem Befehl des französischen Kreisgouverneurs vom 31. August 1945. Zu dieser Zeit sind noch

Bestandsaufmahme im Neuen Lager am 4.1o.1945

Baracke 1 : Mannschaftsbaracke und Kantine
Einrichtung : Betten und Spinde vorhanden 3o % und beschädigt
Belegungsstärke 13o Mann und 6 Uffz.
Zustand : 45 % reparaturbedürftig
augenblickliche Verwendung : leerstehend
Baracke 2 : Mannschaftsbaracke
Einrichtung 3o % vorhanden und beschädigt
Belegeungsstrke 12o Mann 8 Uffz.
reparaturbedürftig 3o %
augenblickliche Verwendung : leerstehend
Baracke 3 : Mannschaftsbaracke
Einrichtung 15 % vorhanden, beschädigt
5o % reparaturbedürftig
Belegungsstärke 22o Mann 8 Uffz.
Baracke 4 und 6 desgleichen wie Baracke 3
Baracke 5 Mannschaftsbaracke und Offizierheim
Einrichtung fehlt vollständig
Zustand der Baracke 3o % reparaturbedürftig
Belegungsstärke 11o Mann
leerstehend
Baracke 6 : wie Baracke 3
Baracke 8 : Unteroffizierbaracke
Belegungsstärke 1oo Uffz
sonst wie Baracke 3
Baracke 7 : Kasino und Mannschaftsbaracke
Einrichtung 1o % vorhanden und beschädigt
Zustand 5o % reparaturbedürftig
Belegungsstärke 1oo Mann 6 Uffz.
z.Zt.Verwendung : leerstehend
Baracke 9 : leerstehend 3o % reparaturbedürftig
Wagenschuppe 1:4 Fahrzeuge 5o % reparaturbedürftig
Kraftfahrzeugschuppen : 1o Boxen,3o % beschädigt leerstehend
Fahrzeugschuppen : 4 Boxen,5o % beschädigt,leerstehend
mit Reparaturwerkstätte mit Schlafraum für 6 Betten
Einrichtung nicht vorhanden.
Desinfektionsbaracke : 8o % beschädigte Einrichtung,Baracke 3o % beschädigt
Grosse Stallbaracke : 15o Boxen,leerstehend,Gebäude 4o % beschädigt
Einrichtungsgegenstände 0
Abortbaracke : Einrichtung vollständig bes hädigt und entwendet
Bekleidungsbaracke : leerstehend,3o % beschädigt
Abortbaracke : Einrichtung vollständig beschädigt
Küchenbaracke : Einrichtung 8o % beschädigt,Baracke 3o % beschädigt,leerstehend
Abortbaracke : Einrichtung vollständig beschädigt
Küchenbaracke : Einrichtung 8o % beschädigt,Gebäude 5o % beschädigt,leerstehend
Verkaufsstand : leerstehend,3o % beschädigt
Zeitungskiosk : leerstehend,2o % beschädigt
Baracke 18 : 7o % abgebrochen,Rest 3o % reparaturbedürftig,Einrichtung 0
leerstehend
Baracke 2o : 4o % abgebrochen,Rest 3o % beschädigt,Einrichtungsgegenstände 0
leerstehend
Baracke 22 : wie 18
Baracke 24 : 6o % abgebrochen,Rest 4o % zerstört,Einrichtung 0
Baracke 26 : Belegungsstärke 6o Mann,Baracke 2o % beschädigt,Einrichtung 0
leerstehend.

Baracke 28,29 und 3o : wie 26
Baracke 27 : 3o % abgebrochen,Rest 35 % beschädigt,leerstehend
Baracke 25 : 3o % beschädigt,Belegungsstärke 6o Mann,leerstehend
Küchenbaracke : Gebäude 4o % beschädigt,Einrichtung 45 % beschädigt,Belegungsstärke 1o Mann
Baracke 33: 2o % abgebrochen,3o % beschädigt,Einrichtungsgegenstände 0
Baracke 32,34,35,36 und 38 : wie Baracke 33
Baracke 37 und 39 : wie Baracke 33
Materialschuppen:2o % beschädigt,Einrichtung 0 ,leerstehend
Schmiede: maasiv,leerstehend,ohne Einrichtung 15 % beschädigt.
Baracke 2 a RAD : 2o % beschädigt,Einrichtungsgegenstände 0,Belegungsstärke 4o Mann
Badebaracke : 1o % beschädigt,Brause für 4o Mann,6 Wannen,Gebäude 1o % beschädigt,wird von den Polen benützt.
Revierbaracke : Gebäude 15 % beschädigt,Belegungsstärke 8o Mann,ohne Einrichtung,wird von Polen z.Zt.benützt
Baracke 17 : Belegungsstärke 16o Mann,Einrichtungsgegenstände 0,Gebäude 45 % beschädigt,wird von den Polen belegt
Baracke 16 : Belegungsstärke 24o Mann,Einrichtungsgegenstände o,Gebäude 15 % beschädigt,von den Polen benützt
Küche: Gebäude 1o % beschädigt,Einrichtung vorhanden,von den Polen benützt
Abortbaracke : Einrichtung fehlt
Baracke 14 : Einrichtungsgegenstände 0,Gebäude 25 % beschädigt,reparaturbedürftig,Belegungsstärke 18o Mann,wird von den Polen benützt
Küche : Gebäude 15 % beschädigt,Einrichtungsgegenstände (Kessel) vorhanden,wird von den Polen benützt
Abortbaracke : Einrichtung fehlt
Küche : Gebäude 75 % beschädigt Einrichtungsgegenstände (Kessel) vorhanden
Baracke 12 : Gebäude 35 % beschädigt,Einrichtungsgegenstände 0,Belegungsstärke 12o Mann,belegt von den Polen
Baracke 13,14,und 15 : desgleichen wie Baracke 12
Baracke 11 : Unterhaltungsraum von den Polen benützt,Gebäude 15 % beschädig
Baracke 1o : 35 % beschädigt,Belegungsstärke 14o Mann,Einrichtungsgegenstände 0,leerstehend.
Verwaltungsgebäude : (Büroräume,Wohnung Arrestzellen) Einrichtungsgegenstände 0,Gebäude 15 % beschädigt.

Münsingen,den 4.1o.1945

Gesehen!
Münsingen, den 4. Oktober 1945.
Der Bürgermeister:

Kreisstadt Münsingen

Bestandsaufnahme der Münsinger Verwaltung im Neuen Lager am 4. Oktober 1945. Die Stadt ist für die Instandsetzung und Reinigung zuständig, heißt es in einem Befehl des französischen Kreisgouverneurs.

Bis 1958 steht das Neue Lager in Münsingen zeitweise leer.

ehemalige Soldaten der Wlassow-Divsion sowie verschleppte Russen und Polen in die baufälligen Baracken.

Das Lager, das wenig später unter Aufsicht der UN-Flüchtlingsorganisation UNRRA steht, heißt jetzt PDR-Lager (Personnes Déplacés et Réfugiés). Ende der 40er-Jahre sind dort rund 1.000 Menschen untergebracht.

Anfang der 50er-Jahre gehört das 16 Hektar große Gelände wieder Deutschland. Die Franzosen haben es zurückgegeben. Sie hatten keinen Bedarf mehr dafür. Im Gegensatz zum Truppenübungsplatz und zum Alten Lager. Diese militärischen Anlagen behalten sie bis zu ihrem Abzug 1992.

Mitte der 50er-Jahre kommt wieder Leben in die zum Teil sehr in Mitleidenschaft gezogenen Baracken. Einige ortansässige Firmen mieten sich im Neuen Lager ein. Sie bleiben aber nicht lange, die Verträge werden bald wieder gekündigt. Die Bundeswehr nimmt das Angebot des Münsinger Bürgermeisters Erwin Volz an, die dringend renovierungsbedürftige Anlage als Kaserne zu übernehmen.

Am 12. Februar 1958 erhält das Verteidigungsministerium das Gelände überschrieben. Sieben Monate später ist es so weit. Münsingen wird wieder Garnisonstadt. Kommandeur Major Gottfried Tornau rückt mit seinem Panzerbataillon 310, das wenig später die Kennzahl 303 erhält, ins Neue Lager ein.

Einer der ersten Rekruten der Bundeswehr, die am 6. Oktober 1958 zum neu aufgestellten Panzerbataillon 310 einberufen werden, ist der Panzerschütze Wolf-Dieter Grüner.

Anlässlich der Vereidigung der Rekruten des Panzerbataillons 303 spielt die Musikkapelle im Neuen Lager.

Bernhardiner Cäsar ist das Maskottchen des Panzerbataillons 304, das am 1. Juli 1961 im Lager aufgestellt wird.

Zwei Wochen danach präsentieren sich die 700 Soldaten vor dem Rathaus zum ersten Mal in der Öffentlichkeit.

Das Verteidigungsministerium fasst 1961 den Entschluss, die baufälligen Baracken abzureißen und eine moderne Kaserne mit acht Unterkunfts- und einem Wirtschaftsgebäude zu bauen. Offizielle Einweihung der rund 30 Millionen Mark teuren Neubauten ist am 15. Dezember 1965. Seit diesem Tag heißt die militärische Anlage Herzog-Albrecht-Kaserne.

Mitte der 60er-Jahre beherbergt der militärische Sicherheitsbereich einige Rekruten, die später bundesweit von sich reden machen: So zum Beispiel die Panzerschützen Horst Köhler, der amtierende Bundespräsident, Wolfgang Schneiderhan, heute Generalinspekteur der Bundeswehr, sowie die Schlagersänger Bernd

Der erste Kommandeur-Wechsel im Lager: 1960 übergibt Major Gottfried Tornau das Kommando an seinen Nachfolger Major Gustav Lange.

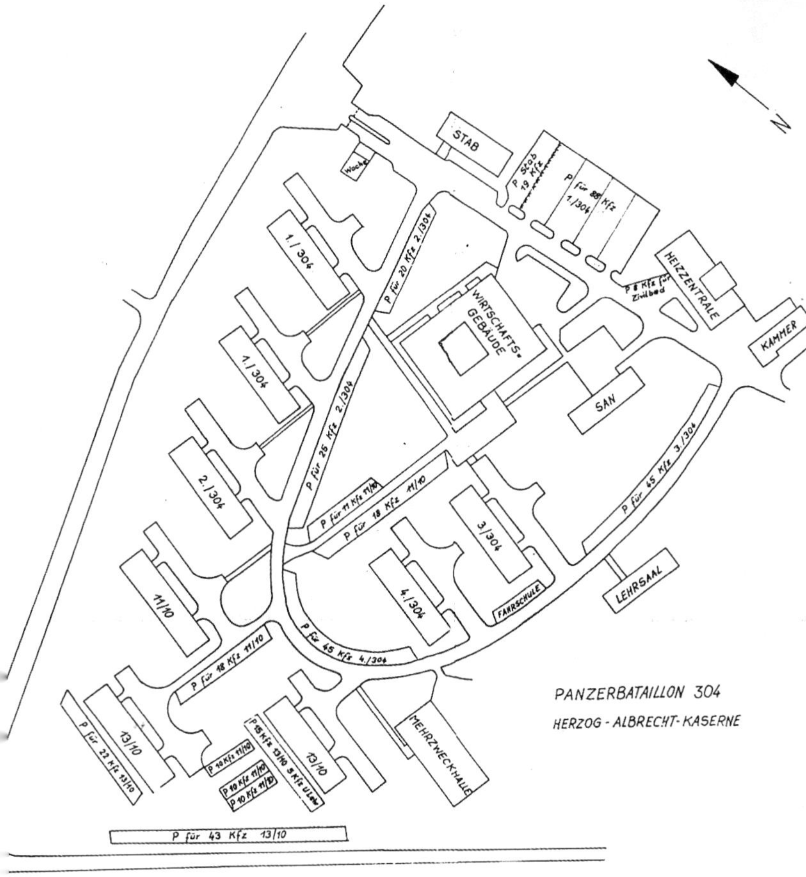

Im Herbst 1961 feiern die Militärs die Grundsteinlegung für den dringend notwendig gewordenen „Neubau einer ständigen Truppenunterkunft". Die offizielle Einweihung der Gebäude ist am 15. Dezember 1965. Das Neue Lager erhält den Namen Herzog-Albrecht-Kaserne. Unter den zahlreichen Ehrengästen ist der Sohn des Namensgebers, Herzog Philipp von Württemberg (Mitte, Foto unten).

Mitte April 1964 besucht Bundesinnenminister Hermann Höcherl die militärische Anlage. Vier Jahre später schaut unter anderen auch Altbundeskanzler Ludwig Erhard vorbei (Foto).

Clüver („Der Junge mit der Mundharmonika") und Olaf Malolepski („Weine nicht, kleine Eva").

1968 begutachten unter anderen Bundespräsident Heinrich Lübke, Verteidigungsminister Gerhard Schröder, der baden-württembergische Ministerpräsident Hans Filbinger, Bundestagspräsident Eugen Gerstenmaier sowie Alt-Kanzler Ludwig Erhard anlässlich des Manövers „Schwarzer Löwe" die neuen Gebäude.

Gelöbniss der Rekruten der verschiedenen Ausbildungskompanien 1/10, 11/10 sowie 13/10 Mitte der 60er-Jahre.

Sage und schreibe 40.000 Menschen strömen Mitte 1971 in die Herzog-Kaserne, die einen „Tag der offenen Tür" veranstaltet. Hausherr ist das Panzerbataillon 304, das im Jahr 1961 aus Teilen von „303" hervorgegangen ist. 1973 erhalten die Soldaten den neuen Kampfpanzer Leopard 1 A3.

Eine der ersten Luftaufnahmen der Herzog-Albrecht-Kaserne in Münsingen Ende der 60er-Jahre.

Im Mai 1976 stellen sich die beiden neuen Verbände in der Kaserne, das Panzerbataillon 283 und das Panzerartilleriebataillon 285, mit einer Parade durch die Innenstadt der Bevölkerung vor.

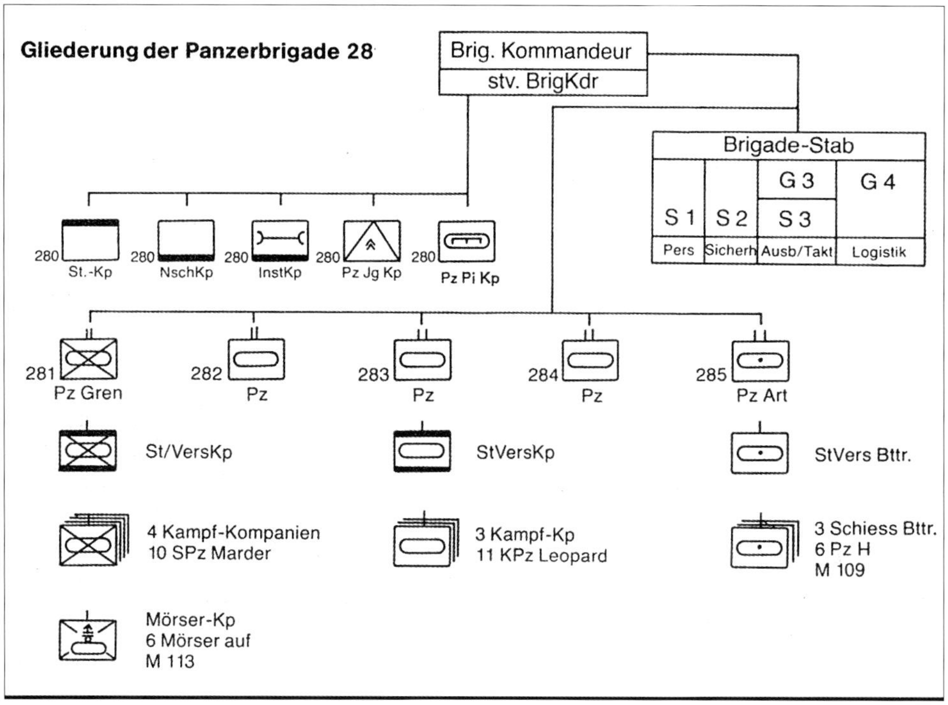

Zwischen 1976 und 1981 geht es in der Kaserne eng her: Dort sind zu dieser Zeit die Panzerbataillone 304 und 283 sowie das Panzerartilleriebataillon 285 stationiert. Die Männer und Frauen der Standortverwaltung haben alle Hände voll zu tun. Der Parkplatz für die privaten Autos der Soldaten platzt aus allen Nähten.

Der Parlamentarische Staatssekretär im Verteidigungsministerium, Andreas von Bülow, stattet 1977 den drei Kommandeuern einen Besuch ab (oben). Das Gespräch findet in dem ein Jahr zuvor eröffneten Offizierkasino statt (links). Danach lässt sich der hohe Gast die Kettenfahrzeuge der Bataillone zeigen (oben, links).

Der Kommandeur des Panzerbataillons 283, Oberstleutnant Dieter Roschinski, übergibt das Kommando 1978 an seinen Nachfolger Oberstleutnant Gottlieb Wilhelm Ebbecke. Anlässlich des Wechsels lässt der Verband seine Panzer über die Ringstraße donnern.

Ende der 70er-Jahre ist die Vergrößerung der Herzog-Albrecht-Kaserne von 16 auf knapp 23 Hektar abgeschlossen. Mitte der 90er-Jahre lässt die Standortverwaltung im Technischen Bereich zwei neue Schleppdächer errichten.

Fünf Jahre später geht es eng in der Kaserne her. Neben „304" sind seit 1976 das Panzerbataillon 283 und das Panzerartilleriebataillon 285 untergebracht. Mit 1.200 Soldaten kommt die militärische Anlage an die Grenzen ihrer Kapazität.

Deshalb beschließt im Jahr 1977 die Bundeswehr, die Kaserne um sechs auf 22,5 Hektar zu vergrößern und auf der gegenüberliegenden Straßenseite ein Hallenschwimmbad bauen zu lassen. Anlässlich des 30. Geburtstages des Standort gibt es ein Jahr später einen Großen Zapfenstreich im Wiesental-Stadion und einen „Tag der offenen Tür" in der Kaserne.

Völlig überraschend kommt 1980 der Befehl aus dem Verteidigungsministerium in Bonn, dass das Panzerbataillon 304 im Jahr 1981 außer Dienst gestellt werde.

Elf Jahre später trifft „283" das gleiche Schicksal. Jenes Bataillon, das lange Zeit als eines der modernsten Panzerverbände des Heeres galt, da es Mitte der 70er-Jahre mit dem kampfstärksten Panzer dieser Zeit, dem Leopard 1 A4, ausgestat-

1991 wird Oberstleutnant Rudolf Thamm, Kommandeur des Panzerbataillons 283, mit einer kleinen Parade in der Kaserne verabschiedet. Sein Nachfolger ist Oberstleutnant Günther Guderian.

tet worden war. Die meisten Panzersoldaten wechseln in das 1992 neu aufgestellte Fallschirmpanzerabwehrbataillon 283. Im selben Jahr rückt die erste Frau in der Kaserne ein. Raphaela Wächter ist der erste Stabsoffizier (w) im Sanitätsbereich.

Am 19. September 1996 löst sich der so genannte „Wiesel"-Verband bereits wieder auf.

Jetzt ist nur noch das rund 500 Mann starke Panzerartilleriebataillon 285 in der

Herzog-Albrecht-Kaserne, die die Standortverwaltung im Lauf der Zeit für viel Geld immer wieder erneuern und renovieren lässt.

Rund 2,3 Millionen Mark hat zum Beispiel der Sportplatz mit dem Kleinspielfeld verschlungen, schlägt Christoph Melchers, Leiter des Staatlichen Hochbauamtes Reutlingen, in seinen Unterlagen nach.

Die Sportanlagen, zu denen auch die Halle zählt, benutzen nicht nur die Soldaten, sondern auch Schüler der Münsinger und Auinger Schulen.

„Unentgeltlich", ist in diesem Zusammenhang von Walter Habrik, stellvertretender Leiter der Standortverwaltung Münsingen, zu hören.

Auch zahlreiche Vereine in der näheren Umgebung, wie zum Beispiel der SV Böttingen, die SF Hengen, der Württembergische Fußballverband, der VFR Buttenhausen, der SV Apfelstetten, die TSG Münsingen, der SV Ehestetten, der FC Gomadingen und der SV Auingen profitieren seit vielen Jahren von dem

Das Gastspiel des Fallschirmpanzerabwehrbataillons 283 dauert gerade mal vier Jahre und sieben Monate. Mit einer Parade im Sommer 1996 verabschieden sich Kommandeur Oberstleutnant Volker Halbauer und seine Soldaten von der Münsinger Bevölkerung (unten und oben).

40 Jahre Bundeswehr-Standort Münsingen feiern ehemalige Soldaten am 11. September 1998 mit Platzkonzert, Kranzniederlegung und einem Kameradschaftsabend. Oberst a. D. Hans-Joachim Butz (am Mikrofon) erinnert vor dem Rathaus an die Anfänge im Neuen Lager.

Oberstleutnant Harald Kammerbauer ist der letzte Kommandeur in der Herzog-Albrecht-Kaserne.

Zwischen 1992 und 2004 verrichten zahlreiche Soldatinnen ihren Dienst im Sanitätsbereich (unten).

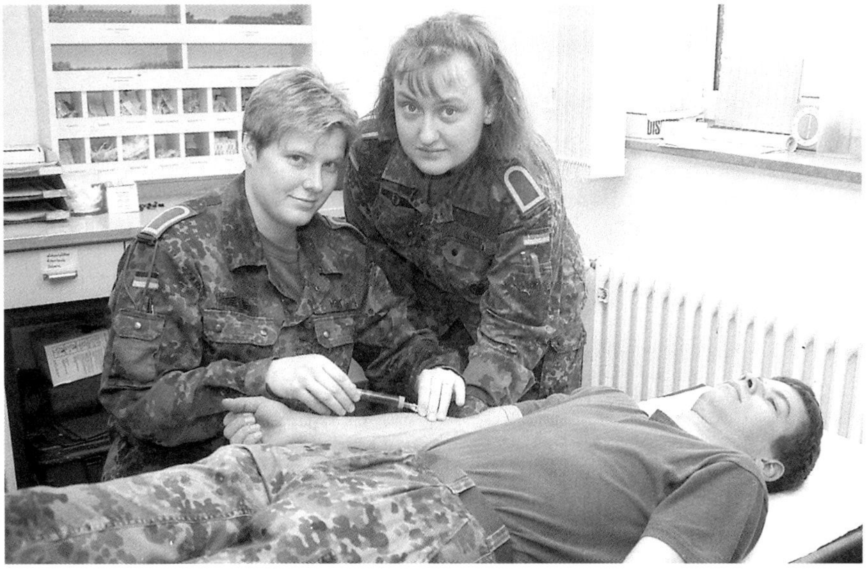

kostenfreien Angebot der Bundeswehr. Und auch die Münsinger Verkehrswacht, die auf dem Antreteplatz regelmäßig Sicherheitstrainings veranstaltet.

5,5 Millionen Mark kostet die Grundinstandsetzung der Unterkunftsgebäude, die Sanierung der Küche, die Auswechslung der Satteldächer und die neuen Kanäle zwischen 1990 und 2000.

Die neue Telefonanlage lässt sich die Bundeswehr 1,3 Millionen Mark kosten. Die Bauabteilung des Verteidigungsministeriums gratuliert nach Abschluss der Sanierungsarbeiten der Standortverwaltung. Jetzt gehöre die Herzog-Albrecht-Kaserne zu den modernsten und wirtschaftlichsten militärischen Liegenschaften in Baden-Württemberg und darüber hinaus, ist aus Berlin zu hören.

Kein Wunder, dass die Soldaten eine Meldung des „Alb Bote" (Südwest Presse) als „schlechten Scherz" bezeichnen, der am 14. Dezember 2000 zum ersten Mal berichtet, die Kaserne werde nach den neuesten Strukturplänen des Verteidigungsministers „auf absehbare Zeit geschlossen".

Es dauert mehrere Monate, bis das Verteidigungsministerium in Berlin offiziell mitteilt, dass dieser Artikel den Tatsachen entspricht und die Herzog-Albrecht-Kaserne zum 31. März 2004 ihre Pforten schließt.

An diesem Tag soll auch die Geschichte des Panzerartilleriebataillons 285 enden, das fast drei Jahrzehnte lang am Standort war. So lange wie kein anderer Verband auf der Schwäbischen Alb. Mit einem Großen Zapfenstreich verabschieden sich die 500 Soldaten und ihr Kommandeur Oberstleutnant Harald Kammerbauer aus Münsingen.

Danach beginnen die Männer mit dem Ausräumen der Kaserne und verfrachten ihre Panzerhaubiten sowie die Fahrzeuge in andere Standorte.

Ende Februar 2004 versteigert die Standortverwaltung das Liegenschaftsmaterial. Mehr als 2.000 Menschen strömen in die Kaserne, um günstig an Stühle, Spinde, Schränke und Tische zu kommen.

Das letzte militärische Zeremoniell in der Kaserne findet am 31. März 2004 an der Wache statt. An diesem Tag holen die restlichen 30 Soldaten zum letzten Mal die Bundesdienstflagge ein. Das Panzer-

Die beiden Hauptfeldwebel Günter Kienast und Jörg Heitel holen am 31. März 2004 um 12.38 Uhr zum letzten Mal die Bundesdienstflagge ein und übergeben sie an Major Egon Frenzel, dem Chef der ersten Batterie des Panzerartillerieba- taillons 285. Damit endet die fast 90-jährige Ära der Kasernenanlage. Die restlichen Soldaten räumen ihren Spind (unten links). Die „Ausscheider" verabschieden sich mit ihren speziellen „285"-Sweatshirts, auf denen sich ihre Kameraden mit ihrer Unterschrift verewigt haben.

Zu der Verbrauchermesse „Münsinger Herbst", die zum ersten und zum letzten Mal in der ehemaligen Kaserne stattfindet, kommen mehr als 50.000 Besucher. Ein Fertighaus-Hersteller hat in der Nähe des Feldwebelwohnheims ein Einfamilienhaus zur Besichtigung aufgestellt.

Ein letzter Blick auf die Kompanie-Gebäude. In ein paar Monaten beginnt der Abriss.

artilleriebataillon 285 lebt danach als Mobilmachungstruppenteil in Füssen weiter. Damit endet die fast 90-jährige Ära der Garnison in Münsingen.

Noch im selben Jahr übernimmt die Stadt das 22 Hektar große Gelände für rund 2,1 Millionen Euro. Für sechs Monate mietet Daimler-Chrysler die ehemalige militärische Liegenschaft. Der Weltkonzern präsentiert seine neuesten Nutzfahrzeuge für Kunden aus aller Welt.

Anfang Oktober öffnet der „Münsinger Herbst" seine Pforten. Mehr als 50.000 Menschen besuchen in einer Woche die traditionelle Verbrauchermesse, die alle vier Jahre in der Stadt stattfindet.

Danach dürfen die Münsinger Vereine alles an und in den Gebäuden abbauen, was sie noch gebrauchen können.

Ende März 2005 rücken die Bagger an und beginnen mit dem Abbruch der einzelnen Gebäude. Diese Arbeiten ver-

schlingen rund drei Millionen Euro. Ende des Jahres sind sie abgeschlossen.

Damit ist der Weg frei für die „Südöstliche Stadtkernerweiterung“, freut sich Bürgermeister Mike Münzing. Auf dem Gelände entstehen in drei Bauabschnitten insgesamt 190 Ein- und Zweifamilienhäuser. Dort erinnert heute nur noch die Herzog-Albrecht-Allee an die ehemalige Kaserne.

Nachdem die Herzog-Albrecht-Kaserne fast ein halbes Jahr leer steht, kommen im März 2005 die Bauarbeiter, die alle Gebäude abreißen (unten). Ende des Jahres ist die komplette ehemalige militärische Einrichtung dem Erdboden gleich gemacht. Heute erinnert nur noch die Herzog-Albrecht-Allee im Neubaugebiet und eine Winterlinde vor dem ehemaligen Offizierkasino, die Männer der zweiten Kompanie des Panzerbataillons 304 im Jahr 2004 gepflanzt haben (oben), an die Zeit der Soldaten in Münsingen.

Lager Feldstetten / Gerätedepot

Sommer 1916 bis Winter 2007

Die Planungen für das vierte und letzte Lager des Truppenübungsplatzes beginnen im Spätherbst 1915. Die Verantwortlichen entscheiden sich für Feld-stetten. Kein Wunder. Die Gemeinde verlangt keinen Pfennig für das Bauland, das in unmittelbarer Nähe des Schießplatzes liegt. Schultheiß Johannes Ruß reibt sich die Hände. Er geht fest davon aus, dass Feldstetten durch das Militär einen wirtschaftlichen Aufschwung erlebt.

Ruß und Gemeinderat überschreiben am 7. Februar 1916 das 13 Hektar große Gelände der Württembergischen Militärverwaltung. Das Areal, auf dem einmal 4.000 Kriegsgefangene unterkommen sollen, liegt an der Straßengabelung zwischen dem Vizinalweg Nummer 1 nach Laichingen und der Straße nach Suppingen.

Nicht alle Bürger des 700 Seelen Dorfes sind mit dem Barackenlager einverstanden. Die Landwirte wettern. Sie mussten in den vergangenen 20 Jahren bereits 230 Hektar wertvolles Ackerland zum Bau des Truppenübungsplatzes abtreten.

Kriegsgefangene Russen aus Münsingen und dienstverpflichtete Bürger aus der näheren Umgebung bauen von Anfang 1916 das Barackenlager in Windeseile auf. Im Juni ist die militärische Einrichtung mit 35 Holzbaracken fast fertig.

Die ursprünglichen Belegungspläne wirft das Königlich Württembergische Kriegsministerium noch während der letzten Bauphase über den Haufen. Die Militärs brauchen die Unterkünfte für ihre Ersatztruppen.

Gleich nach der Fertigstellung ist das Lager von Soldaten des württembergischen Reserveinfanterieregiments 120 aus Ulm belegt. Nach einer kurzen Ausbildung in Feldstetten rücken die Männer an die Front aus.

Am 7. Februar 1916 wird der Vertrag über die unentgeltliche Abtretung des 13 Hektar großen Geländes unterschrieben.

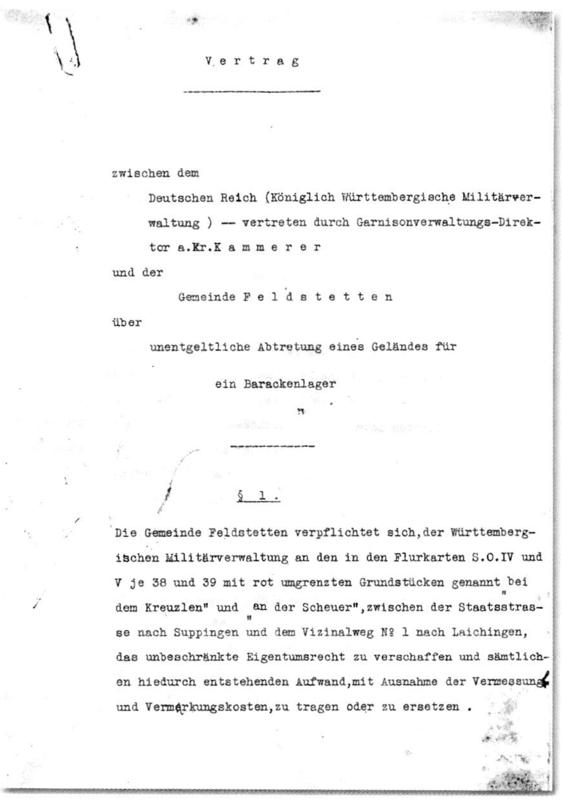

V e r t r a g

zwischen dem

Deutschen Reich (Königlich Württembergische Militärverwaltung) -- vertreten durch Garnisonverwaltungs-Direktor a.Kr.K a m m e r e r

und der

Gemeinde F e l d s t e t t e n

über

unentgeltliche Abtretung eines Geländes für

ein Barackenlager

§ 1.

Die Gemeinde Feldstetten verpflichtet sich, der Württembergischen Militärverwaltung an den in den Flurkarten S.O.IV und V je 38 und 39 mit rot umgrenzten Grundstücken genannt "bei dem Kreuzlen" und "an der Scheuer", zwischen der Staatsstrasse nach Suppingen und dem Vizinalweg № 1 nach Laichingen, das unbeschränkte Eigentumsrecht zu verschaffen und sämtlichen hiedurch entstehenden Aufwand, mit Ausnahme der Vermessungs und Vermarkungskosten, zu tragen oder zu ersetzen .

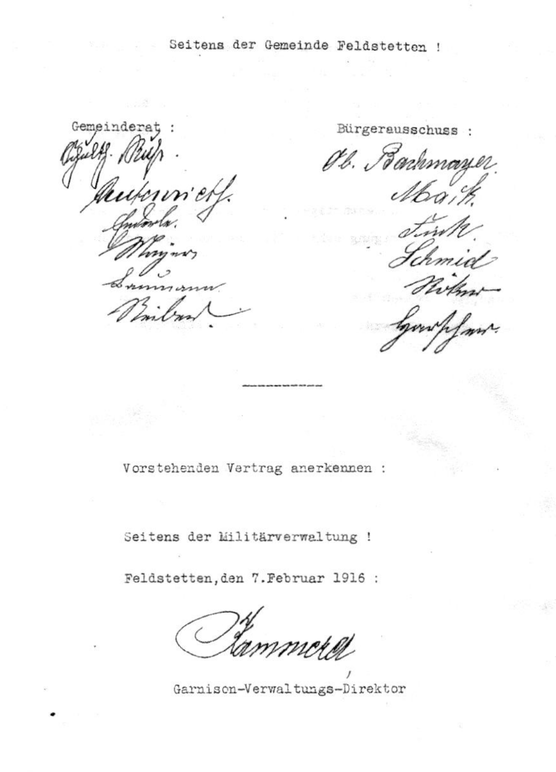

Seitens der Gemeinde Feldstetten !

Gemeinderat :

Bürgerausschuss :

Vorstehenden Vertrag anerkennen :

Seitens der Militärverwaltung !

Feldstetten, den 7.Februar 1916 :

Garnison-Verwaltungs-Direktor

Mitte Juli 1916 stellt der Kommandant des Truppenübungsplatzes, Generalmajor Albert von Dinkelacker, einen Nachweis über die in Feldstetten stationierten Verbände auf: Er zählt 18 Offiziere und knapp 660 Unteroffiziere und Mannschaften, die zu den Reserveinfanterieregimentern 120 und 248, dem Ersatzbataillon Landwehr Infanterieregiment 121 sowie der zweiten und vierten Maschinengewehrkompanie gehören.

Das Königlich Württembergische Kriegsministerium meldet kurz vor Kriegsende dem Kriegsministerium in Berlin, dass in Feldstetten derzeit noch das Württembergische 9. Minenwerferersatzbataillon sowie zwei Ersatzgebirgsbatterien stationiert sind.

„Dieser Verband bildet den Personalersatz für die an der Front stehenden Einheiten in Frankreich aus", weiß Walter Autenrieth, der aus Feldstetten kommt. Im nicht weit entfernten Ennabeuren sind die Männer der Württembergischen Minenwerferkompanie 420 einquartiert.

Das ist der Grund, weshalb die Königlich Württembergische Militärverwaltung die

Mitte 1916 ist das Lager fertig. Im Hintergrund ist Feldstetten zu sehen.

Zwei Kilometer vom Lager entfernt ist die Stellung Mehlbaum. Dort stehen schwere Minenwerfer.

Waffenkunde und Waffenausbildung steht auf dem Dienstplan der Soldaten.

Der Eingangsbereich des Lagers. Das Gebäude besteht, wie auch die Baracken, aus Holz.

Stellung Mehlbaum mit zwei zerlegbaren Baracken bauen lässt. Er befindet sich am Rand des Truppenübungsplatzes, rund zwei Kilometer westlich des Lagers.

Ein paar Wochen später verlassen die Soldaten die Alb. Im Lager kehrt Ruhe ein. Der Krieg ist zu Ende. Seit 11. November 1918 gilt der Waffenstillstand.

Der erste geordnete militärische Verband, der nach dem I. Weltkrieg für ein paar Wochen auf den Truppenübungsplatz kommt, ist die Freiwilligenabteilung Hass, die mit mehreren Tausend Soldaten anrückt. Die Männer sind in allen Lagern untergebacht.

Von 1919 bis 1935 dienen die Baracken im Sommer als Kinderferienheim. Lehrer und Köche begleiten die 14- bis 16-Jährigen aus Bremen. Kontakt zur Bevölkerung haben sie nur wenig.

Ein gewisser Herr Karkmeyer, Abgeordneter der Bürgerschaft Bremen, organisiert die Aufenthalte auf der Alb. Er war während des I. Weltkrieges im Lager stationiert und hat so einen Bezug zu Feldstetten. Auf das Ende der Ferien freuen sich die jungen Gäste ganz besonders. Dann ziehen sie mit Fackeln zum Kriegerdenkmal auf den Bühl.

Nicht nur im Feldstetter, auch vor den anderen Lagern weisen Schilder am Eingang darauf hin, dass Zivilpersonen das Areal ohne Ausweis der Kommandantur nicht betreten dürfen. Zutrittsberechtigungen für Feldstetten gibt es beim Vertreter der Garnison-Verwaltung, ist in einer Bekanntmachung zu lesen, die der „Alb Bote" 1919 veröffentlicht.

1919 sind die Soldaten weg. Im Lager findet eine Hochzeit statt (oben). Felix Miller und Charlotte Schwenk aus Feldstetten geben sich das Jawort. Kinder aus Bremen kommen auf die Alb (links). Sie verbringen in den Baracken ihre Ferien.

Während dieser Zeit schließen Bauarbeiter das Lager an die Wasserversorgung an. Die Rohre führen über den Übungsplatz. Engpässe bei der Beschaffung der Baumaterialen führten zu dieser Verzögerung, entschuldigt sich der Kommandant im Alten Lager, Generalmajor Kurt Freiherr von Lupin. Eigentlich hätte das Wasser viel früher fließen sollen.

Im September 1921 kommt die 8.000 Mann starke 5. Division aus Stuttgart zu ihrer Herbstübung auf den Truppenübungsplatz Münsingen. Die Soldaten lassen sich unter anderem in Feldstetten nieder. Danach kehrt wieder Ruhe auf dem Platz ein.

Mitte der 20er-Jahre schießen überall paramilitärische Wehrverbände wie Einwohnerwehren und der Landesschutz aus dem Boden. Niemand schert sich um sie, obwohl die Existenz dieser Verbände gegen den Versailler Vertrag verstößt.

Formationen von „Jungdeutschland" quartieren sich für Arbeitseinsätze ins Lager Feldstetten ein. Landesschutzverbände üben im Rahmen von Mobilmachungsvorbereitungen in der Umgebung den Umgang mit den Waffen.

Von 1930 an dient das Lager nicht nur als Ferienheim für Kinder, sondern auch für Beamte der Reichswehr. Der Süddeutsche Sportverband ist ebenfalls vor Ort. Die Kurse, die er anbietet, haben jedoch nicht allzu viel mit Sport tun. Vielmehr bieten die Trainer eine paramilitärische Ausbildung an.

Die Wehrmacht übernimmt 1933 das Barackenlager. In den nächsten Jahren sind dort eine SA-Schule und der Reichsarbeitsdienst untergebracht. Die 17- und 18-jährigen Männer, die für den aktiven

Feldstetten mit Truppenlager auf einer Postkarte aus dem Jahr 1918.

Jugendliche des Reichsarbeitsdienst bei der Ankunft im Lager (rechts) und beim Kartenspielen in der Baracke (oben).

Wehrdienst zu jung sind, werden in einer Art Vorausbildung militärisch gedrillt.

Mit Einführung der Wehrpflicht 1935 kommen hauptsächlich motorisierte Truppen nach Feldstetten, die in Münsingen keinen Platz mehr finden.

Zeitweise sind dort bis zu 200 Panzer untergestellt. Im April veranstaltet die Artillerie in der Feuerstellung „Hagsbuch" am Ortseingang ein Schießen auf Ziele auf dem Münsinger Truppenübungsplatz.

Danach sind Teile von Divisionen aus Österreich und aus Thüringen, die 78. Baden-Württembergische Infanteriedivision sowie die Panzerdivision „Hermann Göring" im Lager stationiert.

Zu Beginn des II. Weltkrieges nutzt die Wehrmacht das Lager für die Mobilmachung. Die verschiedenen Ersatz-truppenteilen erhalten während dieser Zeit ihren letzten Schliff. 1939 sind im Lager rund 2.000 Soldaten und 600 Pfer-de untergebracht.

Im Oktober 1940 treffen die ersten Ersatztruppenteile für die neue 125. Infanteriedivision ein. Die mehr als 17.000 Soldaten, die ein Wiesel als taktisches Zeichen wählen, sind in Münsingen und in Feldstetten untergebracht. Anfang April 1941 rückt der Verband zum Feldzug nach Jugoslawien aus.

Am 8. September 1943 gibt der italienische Staatschef Mussolini, der mit Adolf Hitler zusammen arbeitet, den Befehl zur

Die Jugendlichen kommen Mitte der 30er-Jahre rund um Feldstetten zum Einsatz.

Das Lager Anfang der 30er-Jahre. Im Hintergrund ist der Turm der Galluskirche zu sehen.

Aufstellung der 4. Italienischen Gebirgsdivision „Monte Rosa“ in Münsingen. Knapp ein halbes Jahr später treffen die ersten Mannschaften in den vier Truppenlagern ein.

Mitte 1944 ziehen die Italiener wieder ab. Gleich darauf stellt die Wehrmacht, gezeichnet durch große Verluste in ganz Europa, im Eilverfahren neue Divisionen auf. Die Unterkünfte in den Lagern platzen aus allen Nähten. Viele Soldaten müssen deshalb in private Quartiere ausweichen.

Männer der 78. Infanterie- und Sturmdivision sind in Feldstetten stationiert. Unter ihnen ist der Ritterkreuzträger Oberstleutnant Walter Klocke. Einige Soldaten helfen bei den Erntearbeiten in mit, freut sich der 86-jährige Küfer Paul Enderle.

Ende 1944 wird die Alb von mehreren Tausend russischen Kriegsgefangenen überschwemmt. Sie sollen unter dem übergelaufenen Ex-General der Roten Armee, Andrej Andrejewitsch Wlassow, eine russische Befreiungsfront gegen Stalin bilden.

Die Ausbildung findet auf dem Truppenübungsplatz statt. Untergebracht sind die Männer in Münsingen und Feldstetten sowie in den umliegenden Dörfern.

In Feldstetten sind die Ukrainer und andere Volksstämme aus der Sowjetunion sowie das „Kommando der Schulen freiwilliger Ostverbände“ stationiert. Nach Aufzeichnungen des Krankentagebuchs des Lagerlazaretts sind die Männer des russischen Wehrmachtsauffangbataillons, des ukrainischen Auffangbataillons 3, des Freiwilligen Stammregiments 4, des Turkestanischen Bataillons Nummer 1 sowie des Turkvolk-Kaukasischen A. und E. Bataillons untergebracht.

Da die Straße nach Laichingen nach starken Regengüssen oft überflutet ist, dür-

Ein Blick auf das Lager Ende der 30er-Jahre. Inzwischen haben sich dort Soldaten der Wehrmacht einquartiert.

1944 sind Soldaten der 78. Infanterie- und Sturmdivision in Feldstetten untergebracht (oben und unten). Ein Verband, der in der dritten Aufbauphase in Münsingen aufgestellt wurde.

Die Amerikaner sprengen Ende April 1945 die Munitonsunterstände der Stellung Mehlbaum in Feldstetten. Es bleiben nur noch die Grundmauern stehen (unten).

fen die Kinder auf ihrem Schulweg nach Laichingen durchs Lager laufen.

Dabei macht Gertrud Priel eine ungewöhnliche Entdeckung. „Die Russen haben nicht nur Pferde und Panzer, die haben sogar Dromedare", berichtet sie am Abend ihren Eltern.

Das interessiert die Buben aus dem Ort wenig. Ohne ihrer Gefahr bewusst zu sein, schneiden sie ein Loch in den Kasernenzaun und klauen den Soldaten scharfe Sprengkapseln. „Dabei ist Gott sei Dank nichts passiert", erzählt Karl Hermann, der von der Aktion der Halbwüchsigen Wind bekommen hat.

Im März 1945 brechen die Soldaten überstürzt in Richtung Weichselfront auf. Kein Wunder. Die Amerikaner rücken näher. Im April übernehmen deutsche Soldaten das Lager, um es gegen die Alliierten zu verteidigen.

Darunter sind auch Männer der Freiwilligen Stammdivision, die Generalmajor Ullmer von Laichingen aus führt. Im Glauben an den Endsieg verteidigen sie die Anlage. Dabei kommen einige von ihnen im Kugelhagel um.

Am 21. April 1945 ist für die Feldstetter der Krieg vorbei. Die GIs übernehmen gegen 19 Uhr Dorf und Lager, das die letzten deutschen und russischen Soldaten vor ihrer Flucht in Brand gesetzt haben. Die amerikanischen Offiziere lassen sich im Pfarrhaus nieder und verhängen eine Ausgangssperre.

Die Flammen im Lager vernichten das Hauptgebäude fast vollständig. Die Unterkunftsbaracken werden nur leicht beschädigt. Das kommt den Bürgern aus Feldstetten, Westerheim, Ennabeuren, Laichingen und Sontheim gerade recht. Sie nehmen alles mit, was nicht niet- und nagelfest ist. In erster Linie Bretter, Bohlen und Balken, die sie zum Wiederaufbau ihrer Häuser und Schuppen verwenden. Möbel und Teppiche finden ebenfalls reißenden Absatz.

Ende April sprengen die Amerikaner die Munitionsbaracken im Lager und die Munitionsunterstände bei der Stellung Mehlbaum, schreibt Dorfbüttel Jakob Enderle in der Ortschronik nieder.

Anfang Juni 1945 trifft ein Schreiben des kommissarischen Münsinger Landrats Karl Storz bei der Ortsverwaltung ein. „Nach Anordnung der amerikanischen Militärregierung ist die Entfernung von Baracken und sonstigen Gegenständen aus dem Heeres-Gutsbezirk mit sofortiger Wirkung verboten", schreibt er Bürgermeister Johann Georg Schmid.

Entsprechende Hinweise, die er am Lager anbringt, kümmern die kriegsgeschädigten Bürger wenig. Sie holen alles, was sie brauchen können. Ende 1946 stehen dort nur noch die Fundamente.

Inzwischen sind die Franzosen die Hausherren in und um Feldstetten. Sie erlauben den Landwirten, ihre Kühe und Schafe auf dem Areal des ehemaligen Lagers unterzustellen. Kurze Zeit später geben die Militärs das Gelände an die Deutschen zurück.

Nach dieser Entscheidung pochen der Gemeindetag Württemberg-Hohenzollern und die DVP darauf, dass Feldstetten das einst kostenlos überlassene Areal zurückerhält. Ihre Argumentation: „Das Gelände wird von der Gemeinde dringend benötigt, da es sich auf Grund der bereits vorhandenen Straßen und Wasser- und Abwasserleitungen für Bauzwecke bestens eignet."

Wenige Wochen später berichtet Bürgermeister Jakob Enderle dem Gemeinderat, dass das Finanzministerium den Antrag auf Rückübertragung des ehemaligen Gemeindevermögens abgelehnt habe.

Das Ministerium kommt der Gemeinde aber dahingehend entgegen, dass sich in den folgenden Jahren Gewerbetreibende auf dem Areal niederlassen dürfen. Steinbruchbesitzer Konrad Rösch baut auf dem Gelände ein kleines Betonwerk und fertigt Hohlblocksteine, Reifen verkauft die Firma Madsack, Bremsleitungen der Händler Springer. Außerdem bietet die Teppichhandlung Maute ihre Waren feil und Mechanikermeister Schwenk und Ludwig Gastel eröffnen eine Reparaturwerkstätte. Einige von ihnen bleiben bis Ende der 60er-Jahre.

Mitglieder des SV Feldstetten richten sich in der Nachbarschaft einen Fußballplatz her. „Zuvor hatten wir nur mobile Sportplätze. Wir transportierten die Tore mit Rädern auf die gemähten Wiesen", sagt Pennäler Hans-Georg Zeifang.

1956 kommen Vertreter des Verteidigungsministeriums und des Wehrkreiskommandos Böblingen auf die Alb. Sie begutachten das Gelände an der Landesstraße 238. Sofort brodelt im Flecken die Gerüchteküche. „Die wollen dort bestimmt wieder ein Lager für die Soldaten aufbauen", heißt es in Feldstetten. Die Gemeindeverwaltung läuft Sturm. Bürgermeister und Gemeinderat lehnen dieses Vorhaben entschieden ab und schalten Landrat Erwin Schwenk in Münsingen ein.

Die Firma Konrad Rösch baut im Lager ein kleiens Betonwerk und fertigt Hohlblocksteine.

Luftaufnahme, die Anfang der 60er-Jahre gemacht wird. Inzwischen haben sich auf dem ehemaligen militärischen Gelände einige Firmen angesiedelt.

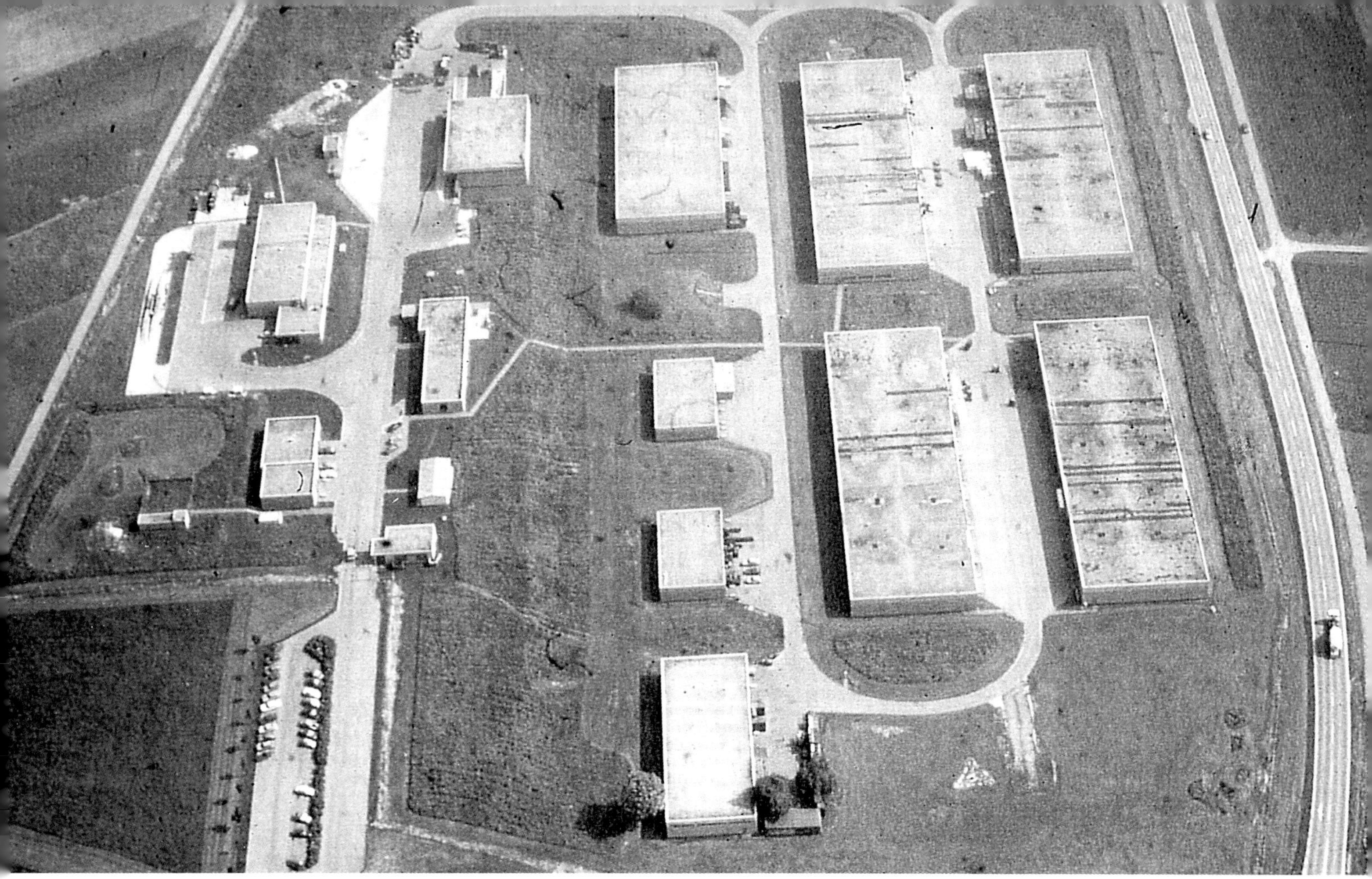

Die offizielle Einweihung des 13 Hektar großen Gerätedepots findet am 1. April 1975 statt.

Drei Soldaten mit einigen zivilen Mitarbeitern der ersten Stunde.

Am 26. August 1957 teilt die Hardthöhe mit, dass mit Rücksicht auf die unverhältnismäßig hohen Aufschließungskosten vorerst kein neues Lager für die übende Truppen benötigt werde. Das Verteidigungsministerium gibt dem mehr oder weniger intakten Neuen Lager in Münsingen den Vorzug.

1961 startet die Ortsverwaltung Feld-stetten einen weiteren Versuch, das 13 Hektar große Gelände für Häuslebauer zurück zu bekommen. Oberfinanzdirektion Stuttgart und Wehrbereichsverwaltung V lehnen erneut ab.

Sechs Jahre später zeigt die Hardthöhe wieder Interesse an dem Areal. Dieses Mal hat der Feldstetter Gemeinderat nichts gegen eine Reaktivierung des ehemaligen militärischen Geländes einzuwenden. Kein Wunder. In dem von Verteidigungsminister Gerhard Schröder geplanten Gerätedepot sollen einmal mehr zivile Bedienstete als Soldaten unterkommen. „Gegen neue Arbeitsplätze ha-ben wir nichts einzuwenden“, freut sich Bürgermeister Alois Lack.

1970 ist es soweit: Das Staatliche Hochbauamt Tübingen lässt das Gelände des ehemaligen Lagers einebnen.

Die Bauarbeiter rücken 1971 an. Vier Jahre später stehen die meisten Gebäude und die ersten vier Soldaten treffen am 10. Juni 1975 ein. Da weder Material, Vorschriften noch irgendwelche Befehle vorhanden sind, ist Organisationstalent und Improvisationsgabe gefragt.

Am 26. Juni 1975 ist es soweit. Der Leiter der Standortverwaltung Münsingen, Hermann Nubert, und der Kommandant des Gerätedepots, Hauptmann Jochen Frickinger, setzen ihre Unterschriften unter das Übergabedokument. Die vorgesetzte Dienststelle ist das Versorgungskommando 860 in Germersheim in der Pfalz.

Die offizielle Einweihung findet am 1. Juli 1975 statt. Für 25 Arbeiter und Angestellte sowie vier Beamte beginnt der erste Arbeitstag in Feldstetten. Ziviles Wachpersonal ist für die Sicherheit in der militärischen Dienststelle zuständig, die aus sieben Hallen mit insgesamt 8.500 Quadratmetern Lagerfläche, zwei Stabsgebäuden, einem Versandgebäude, einer Halle für Rücklieferungen aus den Standorten, einer Tankstelle, einer Wache und einer Werkstatt besteht.

„Bei allen Gesprächen mit Außenstehenden ist äußerste Verschwiegenheit und Zurückhaltung zu üben. Vorkommnisse und Erlebnisse im Depot sind kein Gegenstand von Biertischgesprächen", schreibt Frickinger in seinem ersten Depotbefehl. „Aus Klatsch kann leicht Verrat militärischer Geheimnisse werden", fügt er hinzu.

Im September 1976 dürfen die Angehörigen der inzwischen 80 Mitarbeiter anlässlich des ersten Familientages hinter die Kulissen der militärischen Einrichtung schauen. Vier Monate später kündigt sich hoher geistlicher Besuch an. Der katholische Wehrbereichsdekan, Prälat Ludwig Steger, stattet dem Depot einen Besuch ab.

Die Depot-Feuerwehr übt den Ernstfall mit Kameraden aus Feldstetten und Laichingen.

Wenn es besonderes eilt, dann kommt der Hubschrauber und holt das bestellte Material ab.

Rücklieferungen? Kein Problem. Gleich um die Ecke werden sie entgegen genommen.

Das Depot aus der Vogelperspektive in den 80er-Jahren.

Mitte Mai 1977 lädt der Kommandant zum Behördentag ein. Laichingens Bürgermeister Horst Wurz, die Verwaltung, Feldstettens Ortsvorsteher Karl Fülle und die Männer der Feuerwehr dürfen einen Blick hinter den Zaun werfen. „Die zivilen Stellen sollen wissen, mit wem sie es zu tun haben", sagt Frickinger und stellt seine Dienststelle vor.

Vom Kochlöffel bis zum Motor des Kampfpanzers Leopard sind im Gerätedepot fast alle Nachschubartikel der Bundeswehr zu bekommen. „Jeden Tag bearbeiten wir rund 350 Bestellungen, die wir an das Territorial- und Feldheer im süddeutschen Raum ausliefern", informiert der Kommandant. Mehr als 30.000 verschiedene Gegenstände im Gesamtwert von rund 60 Millionen Mark lagern im Depot, das zum Standort Münsingen gehört.

Wer unter der Versorgungsnummer 9925-12-140-0619 eine Bestellung aufgibt, erhält ein in Aluminiumkoffer abgepacktes Kultgerät. Nach katholischem und evangelischem Militärpfarrer getrennt sind Talar, Kruzifix und Kelche einsortiert. Mit einem ausgeklügelten Lagersystem finden die Mitarbeiter auch diese nicht alltägliche Bestellung.

„Läuft alles glatt, ist im Schnitt in 1,1 Tagen alles gelaufen", erzählt Frickinger stolz. Die schnelle Bereitstellungszeit benötigt einen hohen Verwaltungsaufwand. Braucht zum Beispiel ein Soldat einen Schraubendreher, muss er über sechs Stationen seine Bestellung ins Materialkontrollzentrum (MKZ) nach Germersheim richten. Dort erstellen die Mitarbeiter einen Ausgabebeleg, der über elektronische Datenübermittlung nach Feldstetten gelangt.

Mit diesem Beleg können die Arbeiter vor Ort den gewünschten Artikel heraussuchen und verschicken. Dabei spielt es keine Rolle, ob ein Materialbegleitschein einen Einzel- oder Sammelauftrag mit Hunderten von Artikeln beinhaltet.

Täglich fahren unzählig viele olivgrüne Lastwagen ins Depot, um Teile für die verschiedenen Standorte in ganz Süddeutschland zu holen, die zuvor Speditionen aus allen Himmelsrichtungen geliefert haben. Wenn es ganz schnell gehen muss, landen Hubschrauber und fliegen die Artikel in die Kaserne des Bestellers.

Für den Fall der Fälle rücken die freiwilligen Feuerwehren aus Feldstetten und Laichingen im Mai 1977 im Depot ein. Sie veranstalten zusammen mit der zehnköpfigen Depot-Feuerwehrlöschgruppe eine große Übung, „die bestens geklappt hat", freut sich Stadtbrandmeister Heinrich Harscher bei der anschließenden Manöverkritik. Weitere Übungen in folgen.

Ein viertel Jahr später spielt auf Initiative des Depots das Heeresmusikkorps 10 aus Ulm zusammen mit dem Gesangsverein Frohsinn in der Daniel-Schwenkmezger-Halle zugunsten der Renovierung des Laichinger Heimatmuseums. Unter den 900 Zuhörern ist auch der Landrat des Alb-Donau-Kreises, Wilhelm Bühler. Knapp 5.000 Mark kommen durch den Kartenverkauf zusammen.

Weitere Veranstaltungen dieser Art folgen. Jedes Mal kommen die Einnahmen einem gemeinnützigen beziehungsweise einem wohltätigen Zweck zugute. So zum Beispiel erhält der DRK-Ortsverein Laichingen 6.500 Mark und das Bundeswehr-Sozialwerk in Bonn insgesamt 12.500 Mark überwiesen. Für die neue Mehrzweckhalle in Feldstetten werden 4.200 Mark überwiesen.

Kommandant Jochen Frickinger übernimmt 1977 die ehemaligen Korpsdepots in Oberberken und in Urbach im Rems-Murr-Kreis, bevor er und seine Soldaten auf den Truppenübungsplatz nach Daaden verlegen.

Am 1. September 1978 geht es im Depot hoch her. Das erste Sommerfest steht auf dem Programm. Eine Woche später verabschiedet Oberst Hayn, Kommandeur des Versorgungskommandos 860, Kommandant Frickinger mit viel Lob. „Von der Stunde Null hat er das Depot zu dem gemacht, was es heute ist."

Sein Nachfolger heißt Hauptmann Wolfram Pertzel, der nach sechs Monaten das neue Wappen des Depot vorstellt, das er selbst kreiert hat.

Zwei Jahre später richtet die vorgesetzte Dienststelle, das Versorgungskommando 860, einen so genannten Hauptumschlagspunkt in Feldstetten ein. Täglich kommen olivgrüne Lastwagen aus ganz Süddeutschland und bringen Waren und Geräte, die die Depotler in den Abendstunden sortieren und für den Weitertransport in andere Standorte versandfertig machen.

Zum vierten Militärkonzert in Laichingen präsentiert das Depot zum ersten Mal französische und amerikanische Soldaten, die von klassischer Blasmusik über traditionelle Militärmärsche auch moderne Unterhaltungsmusik präsentieren. Die Karten fürs Konzert des Musikkorps des 24. Französischen Jägerbataillons aus Tübingen und des 84. Heeresmusikkorps des 7. US-Korps aus Stuttgart gehen weg wie warme Semmeln. „Zum vierten Mal ist es Organisator Oberleutnant Wolfgang Graul gelungen, Öffentlichkeitsarbeit der Bundeswehr in sinnvoller Weise mit einem guten Zweck zu verbinden", lobt Kommandant Pertzel seinen Offizier, der mit der Verdienstmedaille des

Viele Schilder im Gertätedepot weisen Ortsfremden den Weg (oben und unten). Und was bedeutet StrTrspVbnBw? Ganz einfach: Straßentransportverbund Bundeswehr.

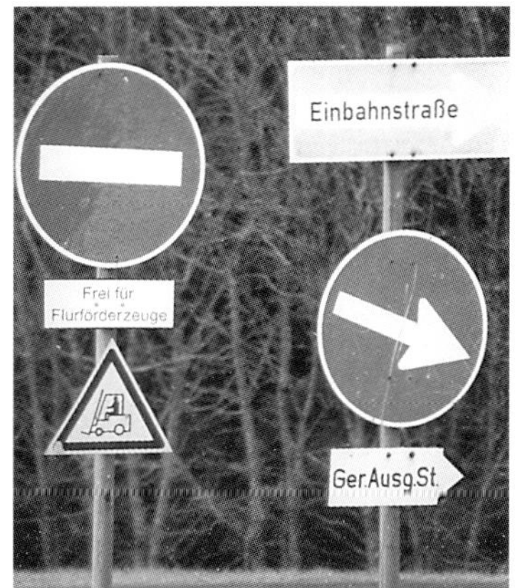

Um für den Erstfall gerüstet zu sein, finden im Depot reglmäßig Übunden der Reservisten statt.

Bundeswehr-Sozialwerkes ausgezeichnet wird.

Um die ständige Einsatzbereitschaft zur Sicherung und Verteidigung des Gerätedepots zu gewährleisten, finden regelmäßig Mobilmachungsübungen des Depotwach- und Sicherungszuges in Feldstetten statt. So auch Mitte 1982, an der sich 50 Reservisten beteiligen. Dabei sind auch die Feuerwehren aus Feldstetten und Laichingen mit von der Partie. Anfang 1983 nehmen die aktiven Soldaten und zivilen Mitarbeiter an der Nato-Übung „Wintex-Cimex" teil.

Der erste General, der das Depot besucht, ist Werner Lange, Kommandierender General des II. Korps in Ulm. Der Generalleutnant schaut anlässlich der Heeresübung „Flinker Igel" am 13. September 1984 in Feldstetten vorbei. Dort hat die Bundeswehr zum ersten Mal in ihrer Geschichte eine von drei Feldpostleitstellen für die 55.000 teilnehmenden Soldaten eingerichtet.

Den zehnten Geburtstag feiert das Gerätedepot mit einem feierlichen Appell und einem Hock, an dem mehr als 200 geladene Gäste teilnehmen. „Die zivile

Anlässlich der Heeresübung „Flinker Igel" im Jahr 1984 richtet die Bundeswehr in der Feldstetter Liegenschaft ein Feldpostamt ein.

1988 feiert der Standort Münsingen seinen 30. Geburtstag. Das Gerätedepot beteiligt sich mit einer eigenen Ausstellung in der Herzog-Albrecht-Kaserne (oben und unten).

Komponente überwiegt die militärische im Verhältnis 7 zu 1. Daran sieht man, dass Landesverteidigung eine so ernste Sache ist, die man nicht alleine dem Militär überlässt", sagt Kommandant Major Pertzel. „Unser Warenumfang ist heute so groß, dass er den Quelle-Katalog in den Schatten stellt. Kein Wunder, dass das Depot der größte Arbeitgeber am Ort ist", fügt er hinzu.

Wenig später haben die Depotler ihr eigenes Feuchtbiotop bei der Rücklieferungshalle. S1-Offizier Oberleutnant Wolfgang Graul hatte die Idee dazu. Die eingesetzten Molche, Schnecken, Wasserkäfer und Wasserläufer fühlen sich dort dem Anschein nach sehr wohl.

Im November 1985 feiert die Bundeswehr ihren 30. Geburtstag. Beim Standortappell, der in Münsingen stattfindet, nehmen die Feldstetter Soldaten mit ihren Kameraden aus der Herzog-Albrecht-Kaserne teil. Am Volkstrauertag sind die Männer ebenfalls mit dabei. Sie gedenken der Gefallenen am Kriegerdenkmal in Feldstetten.

1986 lädt der Kommandant die Lehrer sämtlicher Abschlussklassen der umliegenden Schulen ein. Major Pertzel informiert über den freiwilligen Dienst bei der Bundeswehr. Zudem schaltet er Anzeigen in verschiedenen Tageszeitungen. Er weist darauf hin, dass von September an mit einer zivilen Berufsausbildung als Kfz-Mechaniker begonnen werde.

Die Bundeswehr ist in strukturschwachen Gebieten ein wichtiger Arbeitgeber. Davon überzeugen sich Regierungspräsident Max Gögler und Mitglieder des Tübinger Presseclubs im Herbst 1986 in Feldstetten. Sie erfahren, dass dort zwölf Soldaten und 84 Zivilangestellte beschäftigt sind und das Depot das höchstgelegene der Bundeswehr sei. Es liegt 800 Meter über dem Meeresspiegel.

Der Standort Münsingen feiert im Juni 1988 den 30. Geburtstag mit einem

Gerätedepot Feldstetten berät

Sie persönlich

Sprechen Sie mit uns. Über Ihre Chancen als Soldat auf Zeit. Über Verwendungsmöglichkeiten und Ihre Voraussetzungen für eine Laufbahn bei der Bundeswehr.

Terminabsprachen über 0 73 33 / 60 56 - 60 57, App. 34

BUNDESWEHR **Die Bundeswehr. Hundert Chancen und ein Ziel: der Friede.**

Das Depot schaltet Anzeigen in den Tageszeitungen und wirbt für den Arbeitgeber Bundeswehr.

Während der Heeresübung „Landesverteidigung 88" gibt es im Depot wieder ein Feldpostamt (oben). Im Jahr darauf findet in Laichingen ein Konzert des Heeresmusikkorps 10 aus Ulm statt (unten).

Großen Zapfenstreich und einem „Tag der offenen Tür" in der Herzog-Albrecht-Kaserne. Die Feldstetter Soldaten nehmen mit einem eigenen Stand daran teil. Dort können die Besucher sehen, was in einem Depot alles gelagert ist.

Während der Heeresübung „Landesverteidigung 88" im September treffen unzählig viele Briefe, Karten und Päckchen in der Laichinger Straße 2 ein. Wieder hat das Depot eine Feldpostleitstelle im Gebäude 5 neben der Wache eingerichtet.

Ende 1989 fährt der letzte olivgrüne Lastkraftwagen nach Laichingen zur Stückgutabfertigung. Grund dafür ist die Schließung des Bahnhofes zum 31. Dezember. Von diesen Zeitpunkt an müssen die Mitarbeiter die bestellten Bundeswehrartikel in Ulm beim Stückfracht-Güterbahnhof aufgeben.

Am „Tag der Umwelt" im April 1991 packen die Depotler tatkräftig mit an. Unter dem Motto „Müllvermeidung und –verwertung" säubern sie alle Ecken und Winkel in und um das Depot. Am Ende kommen rund vier Kubikmeter Müll zusammen, freut sich Kommandant Pertzel. Damit setzt seine Dienststelle die Reihe umweltpolitischer Weiterbildungen fort.

Als nächster Programmpunkt steht die Einweisung in die Gefahrgut- und Chemielagerung auf dem Dienstplan. Im Herbst beteiligen sich die Mitarbeiter mit einem Stand am ersten Laichinger Umwelt-Forum, an dem sich neben der Stadtverwaltung auch die örtliche Wirtschaftsvereinigung beteiligt.

Im Oktober 1991 gibt es wieder ein Wohltätigkeitskonzert des Heeresmusikkorps 10 in Laichingen. Inzwischen das zehnte. Zum Jubiläum tritt zudem der Berliner Männerchor „Carl Maria von Weber" in der Daniel-Schwenkmezger-Halle auf. Schirmherr Bürgermeister Andreas Raab bedankt sich beim Gerätedepot für die mehr als 55.000 Mark, die in den letzten Jahren für wohltätige und gemeinnützige Zwecke eingespielt wurden.

Ein Jahr später nehmen zum ersten Mal neun Offiziere der Russischen Föderation militärische Einrichtungen in Baden-Württemberg unter die Lupe. Sie überprüfen, ob sich die Hardthöhe an die vereinbarten Abrüstungspläne hält. Bei dieser Überprüfung schauen sie auch in Feldstetten vorbei.

„Die Deutschen halten sich an die Abmachungen", stellt der russische Oberstleutnant Alexander Guschtschin fest, der im gesamten Standort Münsingen keine Vertragsverstöße erkennt.

1993 erhält das Depot weiteren Zuwachs. Oberstleutnant Pertzel übernimmt für vier Jahre das ehemalige französische Munitionsdepot DA 61 Breithülen (Landkreis Reutlingen) sowie das Betriebsstoffdepot in Weißenhorn (Landkreis Neu-Ulm).

Das Jahr 1994 bringt für die Feldstetter einschneidende Veränderungen mit sich. Anlässlich der Heeresstruktur 4 gliedert die vorgesetzte Dienststelle, das Versorgungskommando 860, in die Logistikbri-

1992 nehmen zum ersten Mal neun Offiziere der Russischen Föderation das Gerätedepot unter die Lupe.

gade 2 in Germersheim um. Die Dienststelle auf der Alb steigt zu einem Gerätehauptdepot auf, das jetzt noch das Außenlager Amstetten (Alb-Donau-Kreis) mit dem Pipelinepioniermateriallager sowie Ochsenberg (Landkreis Heidenheim) zu betreuen hat.

Tränen des Abschieds fließen am 16. März 1994. „Es fällt mir nicht leicht, meinen Stahlhelm gegen den Filzhut einzutauschen", sagt Oberstleutnant Pertzel, der mit 56 Jahren in den Ruhestand geht. Rund 16 Jahre lang hat er das Depot geführt. So lange wie kein anderer Kommandant vor oder nach ihm.

Zu seinem Nachfolger wird Major Karl-Heinz Steinbrecher bestimmt. Er bleibt aber nur zehn Monate in Feldstetten. Während seiner Dienstzeit steht die Neugestaltung der Depot-Organisation im Vordergrund. Das Heeresamt führt für die Zivilbediensteten die so genannte Arbeit- und Zeitwirtschaft ein. Jetzt müssen die Depotler Arbeitsaufträge in einem vorgegebenen Zeitfenster erledigen. Dadurch erhöht sich die Produktivität in der Dienststelle. Auch die Arbeiter profitieren davon. Im Schnitt haben sie 15 Prozent mehr Geld in der Lohntüte.

Ende des Jahres kommt Oberstleutnant Wolfgang Schattauer. Unter seiner Regie feiert das Gerätehauptdepot Mitte 1995 intern sein 20-jähriges Bestehen, das aus diesem Anlass das neue Verbandsabzeichen mit dem Eisernen Kreuz, den drei Löwen und der Silberdistel vorstellt. Der Erlös dieses kleinen Festes in Höhe von 800 Mark spendet Schattauer je zur Hälfte dem Kindergarten in Feldstetten und dem Pflegezentrum in Laichingen.

Mitte 1996 übernimmt Feldstetten für zwei Jahre das Materialaußenlager in Lauchheim (Ostalbkreis). Am 29. August 1996 erreicht das Depot die traurige Nachricht, dass Kommandant Schattauer nach längerer Krankheit 51-jährig gestorben ist. „Wir haben einen überzeugten, hervorragenden, fürsorglichen, einen guten Kameraden und Freund verloren", bedauert Oberstleutnant Detlef Schartner, Kommandeur der Logistischen Einrichtung, bei der Trauerfeier.

Mitte Oktober ist der Offizier wieder in Feldstetten. Dieses Mal aus einem erfreulichen Anlass. Er überträgt Major Man-

1993 erhält das Depot Zuwachs. Es übernimmt für vier Jahre das ehemalige französische Munitionsdepot DA 61 Breithülen (links). Dort ist, wie in Feldstetten, Material gelagert. Unten prüfen zwei Mitarbeiter einen defekten Motor. Oben ist ein Regalstabler zu sehen.

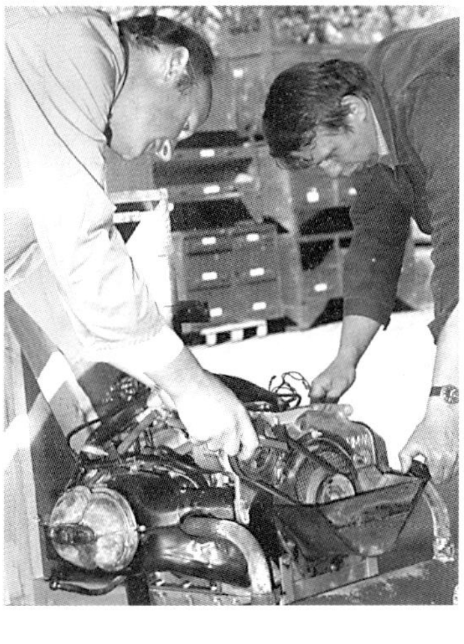

1994 ist Schluss. Oberstleutnant Wolfram Pertzel (links) verabschiedet sich in den Ruhestand. Sein Nachfolger heißt Major Karl-Heinz Steinbrecher (rechts).

1999 gibt es viel Arbeit für die Zivilbediensteten und die Soldaten (oben und unten). Sie packen 31 Container Material für das deutsche Einsatzkontingent in Albanien.

Ohne Computer läuft im Gerätehauptdepot heute nichts mehr (unten). Ende der 90er-Jahre stellt die Bundeswehr die Planung des neuen Hochregallagers vor (rechts), das spätestens 2003 in Feldstetten gebaut werden soll.

fred Arenz das Kommando über das Depot. Während des militärischen Appells teilt Schartner mit, dass von den geplanten Reduzierungen, Umstrukturierungen und Zusammenlegungen ortsfester Logistikdepots das Feldstetter nicht betroffen sei. Das Betriebstoffdepot Weißenhorn werde indes im Frühjahr 1998 und das Materialaußenlager Ochsenberg im Dezember 1998 geschlossen.

Bislang haben Soldaten den Transport des Bundeswehrmaterials quer durch Deutschland erledigt. Das ändert sich im August 1998. Die Verteidigungsministerium hat festgestellt, das es effizienter und günstiger ist, wenn diese Arbeit private Speditionen übernehmen. Nachtsprungverfahren heißt das Zauberwort. Die Fahrer bringen am späten Nachmittag oder in der Nacht die beladenen Wechselbrücken, stellen sie ab und nehmen andere wieder mit. „Dadurch reduzieren sich die militärischen Transporte auf knapp zehn Prozent", weiß Kommandant Arenz.

Anfang 1999 geben der Bauausschuss des Laichinger Gemeinderates und der Feldstetter Ortschaftsrat grünes Licht zu den Plänen der Bundeswehr, die ein zukunftsweisendes Hochregallager in Feldstetten bauen möchte. Das Depot soll zu einem von fünf modernen Logistikzentren des Heeres ausgebaut werden. Diese zusätzliche Lagerkapazität ist erforderlich, da in den nächsten Jahren 20 der 35 Gerätehauptdepot geschlossen werden, teilt die Hardthöhe mit. Baubeginn ist nach Auskunft der Wehrbereichsverwaltung V voraussichtlich im Jahr 2003.

Im Juli 1999 übernehmen die Feldstetter das 170 Kilometer entfernte Außenlager Langlau südlich von Nürnberg. Dort sind zwei Soldaten und sechs Zivilbedienstete beschäftigt.

Mehr als 40.000 Artikel lagern im Gerätehauptdepot, sagt Kommandant Major Manfred Arenz beim ersten „Tag der offenen Tür" im Jahr 2000.

Dass Frust und Freude sehr eng beieinander liegen können, erfahren die acht Soldaten und 62 Zivilangestellten in Feldstetten im selben Jahr. In zweieinhalb Wochen packen sie Tag und Nacht 31 Container voll mit Ersatzteilen für Albanien. Aufgrund der politischen Lage in der Krisenregion kommt aber alles anders als angenommen. Die Flüchtlingsströme aus dem Kosovo lassen nach. Deshalb brauchen die deutschen Soldaten in Albanien keine Aufnahmelager mehr bauen, erklärt Kommandant Arenz. Die Container auf der Alb müssen wieder ausgeladen werden.

In Urbach und Oberberken werden Ende 1999 ebenfalls die Kisten gepackt. Die Bundeswehr schließt die beiden Teildepots im Rems-Murr-Kreis, bedauert der Kommandant, der die Außerdienststellung vollzieht.

Anlässlich des 25. Geburtstages gibt es Mitte Juli 2000 den ersten „Tag der offenen Tür" im Gerätehauptdepot. Die Besucher erfahren dabei unter anderem von Arenz, dass seine Mitarbeiter derzeit monatlich bis zu 16.000 Aufträge von rund 100 Dienststellen in ganz Süddeutschland bearbeiten. Von den eingegangenen Belegen werden 80 Prozent am ersten, der Rest am zweiten Tag erledigt.

Die Gesamtkosten liegen derzeit pro Monat bei 511.000 Mark, teilt der Kommandant weiter mit. Rund 40.000 verschiedene Artikel, von der Toilettenbürste bis zum olivgrünen Lastwagen, sind derzeit in Feldstetten gelagert.

Drei Wochen später gibt es einen Wechsel an der Spitze des Depots. Oberstleutnant Wolfgang Apel wird neuer Kommandant. Als Mitte Dezember 2000 der „Alb Bote" (Südwest Presse) zum ersten Mal über die geplante Schließung des Standortes Münsingen berichtet, winkt Apel ab. „Wir sind davon nicht betroffen. Im Gegenteil. Durch das geplante Hochregallager wird Feldstetten gestärkt."

Anfang 2001 ziehen die zivilen Wachmänner ab. Um Geld zu sparen, führt die Bundeswehr das so genannte „Betreibermodell Bewachung und Technische Absicherung" ein.

Vom Alten Lager in Münsingen aus steuert das Security-Personal über eine Video-Standleitung das Eingangstor.

2001 ziehen die zivilen Wachmänner ab. Eine Videoanlage sorgt dafür, dass niemand unbemerkt auf das Gelände kommt.

2003 feiert der SV Feldstetten seinen 50. Geburtstag. Das Depot beteiligt sich mit einem eigenen Festwagen am Umzug durch den Ort. Ulrich Ziegler (links) und sein Kollege Günther Schmutz (rechts) rekonstruieren das ehemalige Wachgebäude des Lagers Feldstetten, das zwischen 1916 und 1945 auf dem Gelände des Depots gestanden hat.

Nachts schauen Hunde-Streifen nach dem Rechten.

777 Euro und 77 Cent. Diesen Betrag erhält das Laichinger Pflegezentrum Anfang 2002 von Oberstleutnant Apel und Mitarbeiter Herbert Hintz als Spende überreicht. Gemeinsam hatten sie ein Skatturnier im Depot veranstaltet.

Von Mitte des Jahres an verwalten die Feldstetter ein weiteres Lager. Und zwar die 180 Kilometer entfernte Geräteausgabestelle München mit einem Soldaten und acht Zivilangestellten.

Seit ein paar Jahren erledigen zivile Speditionen den Transport des Bundeswehrmaterials. Nur noch selten ist ein olivgrüner Lastkraftwagen im Depot zu sehen.

Günther Schmutz und Ulrich Ziegler sind schon seit Tagen damit beschäftigt, das ehemalige Eingangsgebäude des Barakkenlagers Feldstetten, das von 1916 bis 1946 auf dem Areal des heutigen Bundeswehr-Depots stand, im Kleinformat nachzubauen. Mit dem 2,50 langen, 2,50 Meter breiten und zwei Meter hohen Werk aus Holz beteiligen sich die Depotler an dem Festumzug, der anlässlich des 50. Geburtstages des örtlichen Sportvereins durch Feldstetten führt.

Von Oktober 2002 an ist das Gerätehauptdepot keine Dienststelle des Heeres mehr. Durch die Umstrukturierung der Bundeswehr gehört es jetzt zur Streitkräftebasis (SKB).

Am 17. Juli 2003 ändert sich auch die truppendienstliche Unterstellung der militärischen Dienststelle. Jetzt gehört das Gerätehauptdepot zum Versorgungs- und Ausbildungszentrum 473 in Dornstadt. Im selben Jahr hält das Mobilitäts-

Bundesverteidigungsminister Peter Struck (rechts) gibt am 27. November 2003 bekannt, dass das Gerätehauptdepot Ende 2007 schließt. Rainer Arnold, der verteidigungspolitische Sprecher der SPD-Fraktion, stattet knapp zwei Monate später der militärischen Liegenschaft auf der Alb einen Besuch ab und verspricht, dass „die Umstrukturierung sozialverträglich vollzogen wird".

konzept der Bundeswehr Einzug auf der Alb. Die so genannte Bw-Fuhrpark-Service GmbH stellt per Leasing-Vertrag die Fahrzeuge und Flurförderzeuge wie zum Beispiel Gabelstapler zur Verfügung.

„Damit hat keiner gerechnet. Unsere Dienststelle wird Ende 2007 mit unseren drei Außenstellen geschlossen." Völlig fassungslos teilt Kommandant Apel am 27. November 2003 seinen Soldaten und Zivilbediensteten die Nachricht mit, die er vor ein paar Minuten aus dem Verteidigungsministerium erhalten hat.

Auch in Laichingen schlägt die Meldung ein wie eine Bombe. Bürgermeister Friedhelm Werner weiß, dass die Einflussmöglichkeiten auf Verteidigungsminister Peter Struck und sein Ministerium gering sind. Deshalb hält der Schultes nichts davon, „unnötige Rettungsversuche zu starten".

Es ist schon Tradition, dass die Depotler in der Weihnachtszeit ein internes Preis-Skat-Turnier veranstalten. Ende 2003 kommen 1.000 Euro zusammen, die der stellvertretende Kommandant, Oberleutnant Jürgen Jooß, dem Feldstetter Pfarrer Heinz Bosler überreicht. Das Geld kommt einer alleinerziehenden Mutter mit vier Kindern zugute.

Mitte Januar 2004 kündigt sich hoher Besuch im Gerätehauptdepot an. Der verteidigungspolitische Sprecher der SPD-Fraktion und Mitglied des Verteidigungsausschusses, Rainer Arnold, und seine Kollegin Hilde Mattheis, die SPD-Bundestagsabgeordnete im Alb-Donau-Kreis, kommen, um mit den zivilen Mitarbeitern über die Schließung zu reden. Die beiden Politiker versprechen, dass „die Umstrukturierung in den kommenden knapp drei Jahren sozialverträglich erfolgen wird".

2004 ändert sich die truppendienstliche Unterstellung: Die Liegenschaft im Alb-Donau-Kreis gehört jetzt zum Materialdepot in Erding bei München.

Besprechung aller Soldaten aus dem Gerätehauptdepot Feldstetten, dem Lagerbezirk Langlau und der Geräteausgabestelle München. Oben, in der Mitte, ist Kommandant Oberstleutnant Wolfgang Apel zu sehen.

Am 1. April 2004 ändert sich bereits wieder die truppendienstliche Unterstellung. Von sofort an gehört die Feldstetter Bundeswehreinrichtung zum Materialdepot in Erding in Bayern.

Mitte April 2005 fährt Feldstettens Ortsvorsteher Hans-Georg Zeifang nach Bonn. Bundesverteidigungsminister Peter Struck empfängt Vertreter der Kommunen, die von Standortschließungen betroffen sind. Er sichert der Gemeinde auf der Alb die Unterstützung des Bundes zu, um die Folgen der Depot-Schließung aufzufangen.

Das gibt es auch nicht alle Tage in Feldstetten zu sehen. Eine zerlegbare Panzerbrücke „Biber" für Pioniere.

Gleichzeit betont Struck, dass er nicht beabsichtige, eine einzige Entscheidung rückgängig zu machen. Geld könne er den Kommunen aus seinem Haushalt auch nicht bieten. Im Gegenteil. Die einzelnen Liegenschaften werden verkauft. Die Stadt Laichingen hat das Vorkaufsrecht. Wenn kein Interesse besteht, bietet der Bund das 13 Hektar große Gelände auf dem freien Immobilienmarkt an.

Das Thema Schließung kommt auch Ende Mai auf den Tisch, als Zwei-Sterne-General Justus Gräbner, Befehlshaber im Wehrbereich IV Süddeutschland, auf die Alb kommt. Im Rahmen einer Dienstaufsicht lässt sich der Generalmajor die Sorgen und Nöte der Soldaten und der Zivilbediensteten erläutern.

Zum 30. Geburtstag gibt es Anfang Juli 2005 einen weiteren „Tag der offenen

Tür" im Depot. Von Nah und Fern strömen Jung und Alt, um einen letzten Blick in die Lagerhallen zu werfen. „Keiner der zivilen Mitarbeiter hat das sinkende Schiff bislang verlassen", gibt Kommandant Apel bereitwillig Auskunft. „Die Arbeit geht ganz normal weiter."

Er geht davon aus, dass der Betrieb „ohne Einschränkungen bis Anfang 2007 läuft". Erst danach werde mit den Aufräumarbeiten und der Absteuerung des Materials in andere Standorte begonnen. In Deutschland gibt es noch 109 solcher militärischen Dienststellen. Bis 2010 minimiert sich die Zahl auf knapp 60.

Zur Zeit lagern im Gerätehauptdepot etwa 31.000 verschiedene Artikel mit einem Wert von 250 Millionen Euro. In den Außenstellen Amstetten, Langlau und München ist außer Betriebs- und Betriebshilfsstoffen auch noch anderes Bundeswehrmaterial im Wert von 30 Millionen Euro untergebracht.

In Feldstetten und in den Außenlagern sind Mitte 2005 insgesamt 15 Soldaten und 92 zivile Mitarbeiter beschäftigt. Die Lager- und Personalkosten verschlingen pro Monat im Schnitt 530.000 Euro, schlägt Kommandant Apel in seinen Unterlagen nach.

Einer der Zivilbediensteten ist Günther Schmutz. Der heute 57-Jährige kennt das Gerätehauptdepot wie kein anderer. Seit Oktober 1975 ist er dort als Maler und Lackierer beschäftigt. Wenn die militärische Dienststelle Ende 2007 schließt, ist auch das Arbeitsende des Feldstetters besiegelt, der dann in den Ruhestand geht.

Bis Anfang 2007 geht die Arbeit im Gerätehauptdepot ganz normal weiter. Täglich bringen und holen zahlreiche Speditionen Material.

Bevor das Depot schließt, gibt es anlässlich des 30. Geburtstages Mitte 2005 noch einmal einen „Tag der offenen Tür".

Standortverwaltung Münsingen

Winter 1958 bis Herbst 2004

Im ehemaligen Wachgebäude des Neuen Lagers eröffnet die Standortverwaltung Münsingen am 1. Februar 1958 ihre Pforten.

Hans-Jakob Hassel eröffnet am 1. Februar 1958 im ehemaligen Wachgebäude des Neuen Lagers, aus dem Mitte der 60er-Jahre die Herzog-Albrecht-Kaserne entsteht, die Standortverwaltung (StOV) Münsingen. Sieben Monate später folgt der erste Stammtruppenteil, das Panzerbataillon 310 mit rund 700 Soldaten.

In den ersten Jahren sind die Arbeitsbedingungen schwierig, denn die Stationierung der Soldaten hat Vorrang. Es fehlt an Werkstätten und Lagern. Hassel und seine Männer sind nicht nur für den Truppenübungsplatz sowie Altes und Neues Lager zuständig. Sie versorgen alle Truppenteile und Dienststellen in den Landkreisen Münsingen und Alb-Donau.

Die Aufgabe der StOV ist es, für die Soldaten und Zivilbediensteten in Personal-, Gebühren-, Wirtschafts- und Betreuungs- sowie in Liegenschafts- und Unterkunftsangelegenheiten da zu sein. Eine Hauptzahlstelle versorgt die Einheiten und Dienststellen mit Geld.

Auch für die Bekleidung der Soldaten und Reservisten ist die StOV verantwortlich. Uniformen, Dienst- und Schutzbekleidungen werden zwar zentral vom Bundesamt für Wehrtechnik und Beschaffung eingekauft.

Vor Ort in Münsingen gibt sie die Standortbekleidungskammer aus. Die Mitarbeiter sind auch für Reinigung und Ausbesserung der Bekleidung zuständig. Reparaturen an Schuhen werden ebenfalls prompt erledigt.

Mitte April 1964 besucht Verteidigungsminister Kai-Uwe von Hassel (rechts) das Neue Lager. Hans-Jakob Hassel (zweiter von links) begrüßt den hohen Gast.

1964 zieht die Standortverwaltung ins ehemalige Soldatenheim um, das in unmittelbarer Nähe des Alten Lagers steht.

Ein Stab von erfahrenen Mitarbeitern sorgt dafür, dass die bis zu 1.100 Soldaten in der Kaserne und die bis zu 3.000 Männer auf dem Truppenübungsplatz drei Mahlzeiten am Tag bekommen.

Bauunterhaltung, Ausstattung der Unterkünfte mit Möbeln und technischen Geräten, Reparaturen und Instandsetzung, Winterdienst, Brand- und Betriebsschutz sowie die Überwachung technischer Anlagen sind weitere Aufgaben, die die StOV bewältigt.

1964 wird die Standortverwaltung in eigener Sache tätig. Die Behörde kauft das ehemalige Hardt-Hotel in Auingen, wo bislang das Soldatenheim untergebracht ist. Im März ziehen Hans-Jakob Hassel und seine Mitarbeiter um. Die fünf Heizwerke in Münsingen, Auingen und Breithülen betreuen derzeit fünf Heizer und Kesselwärter, schlägt Hassel 1969 in seinen Unterlagen nach. Während des Winterdienstes sind etwa 120 Kilometer Straßen und Wege zu räumen und zu streuen.

Die Geländebetreuungsstelle pflegt seit 1970 die gärtnerischen und landwirtschaftlichen Flächen der Standorte Münsingen und Engstingen. Schwerpunkt ist der Truppenübungsplatz. Binnen einiger Jahre können die Mitarbeiter durch Rekultivierung an Abflussflächen mit Hilfe von Rückhaltebecken, Wildwasserverbauungen, Wiederherstellung von Flächen und zerstörten Dolinen einen großen Teil des Naturschutzplans umsetzen. „Die zu betreuende Gesamtfläche beträgt knapp 5.000 Hektar", weiß „Grasgeneral" Richard Schaude.

Ende 1971 übernimmt die StOV die neue Standortmunitionsanlage Ingstetten, ein halbes Jahr später den Verladebahnhof Oberheutal. 1975 wird das Gerätehauptdepot in Feldstetten eingeweiht, 1976 die Standortschießanlage, zwölf Monate später die Bundeswehrschwimmhalle gegen-

„Grasgeneral" Richard Schaude ist der Chef der Geländebetreuungsstelle und zeigt, wo es lang geht.

Die Frauen in der Küche der Herzog-Albrecht-Kaserne sorgen dafür, dass keiner der Soldaten hungern muss.

über der Herzog-Albrecht-Kaserne. Der Richtfunkstelle Dullenwang wird 1986 übergeben. 1991 können die Mitarbeiter auf dem eigenen Grundstück Einweihung feiern: Das Werkstatt- und Lagergebäude hinter dem Verwaltungsgebäude ist fertig.

Dass die Bundeswehr nicht nur ihre militärischen Belange im Auge hat, erzählt Herwig Nitsch Anfang der 90er-Jahre. So gibt es einen Haushaltsposten „für die zivile Infrastruktur von militärischem Interesse". Hinter ihm verbergen sich Zuschüsse des Bundes „für kommunale Einrichtungen, die die Soldaten mitbenutzen".

1972 brennt es in der Werkstatt der Standortverwaltung. Verletzt wird niemand.

Der Stadtteil Auingen, so Nitsch, habe beispielsweise aus diesem Topf Geld für Schule, Turnhalle und Kirche bekommen. Auch Laichingen erhält Geld. Und zwar für ihre Kläranlage.

Die einschneidenste Veränderung für die Mitarbeiter der Standortverwaltung beginnt 1992 als die Franzosen aus Münsingen abziehen. Der Truppenübungsplatz geht mit dem Alten Lager an die Bundeswehr über. Es beginnen umfangreiche Arbeiten im Alten Lager. Die Männer bringen die Unterkünfte auf Vordermann.

Bereits ein Jahr später gibt es noch einmal tief greifende Veränderungen auf der Alb: Der Standort Engstingen wird aufgelöst.

Als das Aus für die StOV in unmittelbarer Nachbarschaft kommt, muss Herwig Nitsch 253 neue Mitarbeiter in seinem Bereich unterbringen.

Der Regierungsoberamtsrat, der von März bis Ende 1993 „nebenher noch Engstingen" zu betreuen hat, führt „unzählige sensible Gespräche", scheut keine Zeit, um Lösungen zu finden, die auf den Einzelnen zugeschnitten sind.

1994 tritt ein neuer Organisations- und Dienstpostenplan in Kraft. Der Zuständigkeitsbereich der Münsinger wird auf Tübingen, wo sich Kreiswehrersatzamt und Verteidigungsbezirkskommando befinden, sowie den westlichen Teil des Alb-Donau-Kreises ausgeweitet. Nitsch und seine Mitarbeiter sind zudem noch für das Außenlager Beuren (Landkreis Esslingen) verantwortlich. Im selben Jahr erhält die StOV zwei neue

Die Einkleidung der Rekruten übernehmen die Mitarbeiter der Standortverwaltung, die auch Verpflegung für mehrere Tage in ihren Lagern haben (unten).

Landrat Edgar Wais ist einer der Festredner anlässlich des 40. Geburtstages der Standortverwaltung.

Mitarbeiter: Eine Sozialarbeiterin und ein Sozialarbeiter nehmen ihre Arbeit auf. Ihr Zuständigkeitsbereich ist groß. Unter anderem müssen sie Laupheim, Mengen, Meßstetten und Ummendorf betreuen.

Das Aufgabengebiet der beiden ist vielfältig. Eine Angestellte ist Ansprechpartnerin sowohl für Soldaten als auch für Zivilbedienstete bei Problemen mit Drogen, Alkohol, bei Schwierigkeiten in der Familie, bei Schulden. Sie hilft Stellen zu finden, die den Betroffenen weiterhelfen. Ein Kollege gibt unter anderem Unterricht bei den Wehrpflichtigen, informiert sie über ihre Versorgungsansprüche, berät sie über Entschädigungen, wenn sie im Dienst einen Unfall erleiden.

Ihr 40-jähriges Bestehen feiert die Standortverwaltung Ende Juni 1998 mit einem großen Festakt. Außerdem beteiligt sich die Behörde am „Tag der offenen Tür" in der Herzog-Albrecht-Kaserne.

Für die Standortschießanlage auf dem Truppenübungsplatz ist die Standortverwaltung ebenfalls zuständig.

Sie bietet eine Beratung über die zivilen Berufe an und veranstaltet eine Uniformen-Schau.

Das letzte Bauprojekt im Rahmen der Energieeinsparungskampagne ist 2000 die Dezentralisierung der Warmwasserversorgung in der Kaserne.

„Weitere Maßnahmen, wie zum Beispiel zusätzliche Wärmedämmungen, brauchen wir jetzt nicht mehr ausführen“, bedauert StOV-Leiter Hans-Jürgen Maurer, der am 2. Februar 2001 während einer Betriebsversammlung offiziell bekannt gibt, dass die StOV nach der Kaserne geschlossen werde.

Die ersten Meldungen über die Auflösung des Standortes waren bereits eineinhalb Monate zuvor im „Alb Bote“ (Südwest Presse) zu lesen. Protestmärsche

Zu Spitzenzeiten arbeiten bis zu 500 Mitarbeiter bei der Standortverwaltung. Sie ist zeitweise einer der größter Arbeitgeber auf der Mittleren Alb.

Beim „Tag der Offenen Tür“ in der Herzog-Albrecht-Kaserne“ beteiligt sich die StOV mit einer Fahrzeugschau.

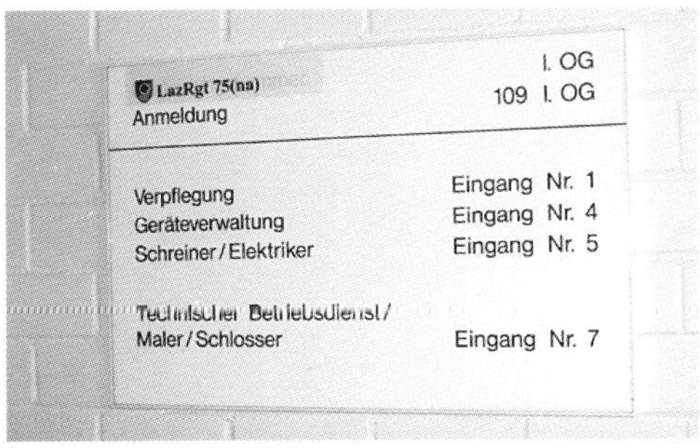

Anfang 2001 kämpfen die Mitarbeiter der StOV um ihre Arbeitsplätze. Sie demonstrieren in der Münsinger Innenstadt.

Die Soldaten der Herzog-Albrecht-Kaserne ziehen ab: Am 31. März 2004 erhält StOV-Leiter Hans-Jürgen Maurer (links) die Bundesdienstflagge überreicht.

durch Münsingen und Arbeitsniederlegungen der Zivilbediensteten bringen nichts.

„Die Ursache für die Auflösung der Standortverwaltung liegt nicht am Standort, sondern letztlich an großflächigen Überlegungen und den entsprechenden politischen Entscheidungen", sagt Klaus Niemeyer, Vizepräsident der Wehrbereichverwaltung V, während der Auflösungsveranstaltung der Standortverwaltung am 8. Juni 2004.

Es dauert noch knapp vier Monate, dann ist endgültig Schluss. Zusammen mit vielen Ehemaligen verabschieden sich die restlichen Mitarbeiter am 30. September mit einer Hockete in der Kfz-Halle und schießen ein letztes Erinnerungsfoto. „Jedes Ende ist gleichzeitig ein Anfang für etwas anderes, vielleicht auch für etwas Besseres", sagt Dienststellenleiter Hans-Jürgen Maurer.

Ein paar Zahlen drücken am besten die Dimension der Behörde aus, die zu Spitzenzeiten knapp 500 Mitarbeiter hatte und lange Zeit größter Arbeitgeber auf der Alb war: Zwischen 1958 bis 2004 wurden dort umgerechnet etwa 80 Millionen Euro für Baumaßnahmen ausgegeben.

Der größte Einzelposten war der Bau der 38 Kilometer langen Panzerringstraße, die Ende der 80er-Jahre umgerechnet mehr als 18 Millionen Euro verschlungen hat.

Die jährlichen Bewirtschaftungskosten pendelten sich in den vergangenen Jahren

Drei StOV-Leiter auf einem Foto vereint: Herwig Nitsch (links, 1978 bis 2000), Hans-Jürgen Maurer (2000 bis 2004), Hermann Nubert (rechts, 1975 bis 1978).

bei 1,25 Millionen Euro ein. Knapp 25 Millionen Euro haben Ende der 90er-Jahre die Personalkosten für die mehr als 1.100 Soldaten und Zivilbeschäftigten am Standort betragen.

Stattlich war auch die Anzahl der Immobilien, die die StOV Münsingen zu verwalten hatte: Insgesamt 240 Bundesdarlehenswohnungen, 76 Bundesmietwohnungen und 26 Familienheime.

Bis zur Schließung des Truppenübungsplatzes Münsingen Ende 2005 und des Gerätehauptdepots Feldstetten 2007 übernimmt die Standortverwaltung Ulm die Betreuung der beiden militärischen Einrichtungen.

Viele Mitarbeiter sind mehrere Jahrzehnte lang bei der Standortverwaltung beschäftigt.

Am 30. September 2004 ist der letzte Arbeitstag der Mitarbeiter, die sich mit einer Hockete verabschieden, zu der auch viele Ehemalige kommen und sich zum letzten Gruppenfoto in Positur stellen.

Kommandeure, Kommandanten und Amtsleiter

Truppenübungsplatz, Kaserne, Standortverwaltung, Remontedepot und Gerätehauptdepot

Kommandeure in der Herzog-Albrecht-Kaserne

Panzerbataillon 310
1958 bis 1959: Major Gottfried Tornau

Panzerbataillon 303
1959 bis 1960: Major Gottfried Tornau
1960 bis 1961: Major Gustav Lange

Panzerbataillon 304
1961 bis 1965: Major Kurt Röhl
1965 bis 1969: Major Horst Lösser
1969 bis 1970: Oberstleutnant Freiherr Georg von Waldenfels
1970 bis 1974: Oberstleutnant Klaus Pietscher
1974 bis 1977: Oberstleutnant Helmut Wolfsteiner
1977 bis 1981: Oberstleutnant Hans-Georg Estor

Panzerartilleriebataillon 285
1976 bis 1981: Oberstleutnant Heinrich Müller
1981 bis 1983: Oberstleutnant Reinhold Kreilinger
1983 bis 1986: Oberstleutnant Hilmar Schimkus
1986 bis 1990: Oberstleutnant Walther-Theo Fock
1990 bis 1993: Oberstleutnant Hans-Joachim Klotz
1993 bis 1995: Oberstleutnant Heinz-Joachim Heib
1995 bis 1997: Oberstleutnant Markus Kneip
1997 bis 2001: Oberstleutnant Berthold Lesch
2001 bis 2003: Oberstleutnant Harald Kammerbauer
*S3-Offizier Major Andreas Birk löst im Frühjahr 2004 den Verband auf

Panzerbataillon 283
1976 bis 1978: Oberstleutnant Dieter Roschinski
1978 bis 1982: Oberstleutnant Gottlieb Wilhelm Ebbecke
1982 bis 1984: Oberstleutnant Friedrich Freiherr von Senden
1984 bis 1987: Oberstleutnant Siegfried Knorz
1987 bis 1991: Oberstleutnant Rudolf Thamm
1991 bis 1992: Oberstleutnant Günther Guderian

Fallschirmpanzerabwehrbataillon 283
1992 bis 1994: Oberstleutnant Günther Guderian
1994 bis 1996: Oberstleutnant Volker Halbauer
*S3-Offizier Major Alexander Claus löst im Sommer 1996 den Verband auf

Leiter der Standortverwaltung Münsingen

1958 bis 1971: Hans-Jakob Hassel
1971 bis 1975: Ernst Rinker
1975 bis 1978: Hermann Nuber
1978 bis 2000: Herwig Nitsch
2000 bis 2004: Hans-Jürgen Maurer

Kommandanten des Gerätehauptdepots Feldstetten

1975 bis 1978: Hauptmann Jochen Frickinger
1978 bis 1994: Hauptmann Wolfgang Pertzel
1994 bis 1995: Major Karl-Heinz Steinbrecher
1995 bis 1996: Oberstleutnant Wolfgang Schattauer
1996 bis 2000: Major Manfred Arenz
2000 bis 2007: Oberstleutnant Wolfgang Apel

Kommandanten des Truppenübungsplatzes

Deutsche Verwaltung 1896 bis 1945
1896 bis 1902: Generalmajor Karl-Heinrich von der Osten
1902 bis 1909: Generalmajor Max Freiherr von Hügel
1909 bis 1912: Generalmajor Otto von Renner
1912 bis 1914: Generalmajor Albert von Dinkelacker
1914 bis 1915: Generalleutnant von Muff
1915 bis 1916: Generalmajor Otto von Link
1916 bis 1918: Generalmajor Albert von Dinkelacker
1919 bis 1923: Generalmajor Kurt Freiherr von Lupin
1923 bis 1927: Oberst Paul Platz
1927 bis 1929: Generalmajor Karl Hauser
1929 bis 1931: Oberst Egon Groeneveld
1931 bis 1932: Oberstleutnant Max Hoffmann
1932 bis 1935: Oberst Ernst Rittweger
1935 bis 1940: Oberst Kurt Rösler
1940 bis 1942: Generalmajor Karl Hauser
1942 bis 1944: Generalmajor Eberhard Rösler
1944 bis 1945: Generalmajor Gustav Wenninger
1945 bis 1945: Generalleutnant Ludwig Merker
Französische Verwaltung 1945 bis 1992
1945 bis 1946: Capitaine Mercio
1946 bis 1949: Lieutenant-Colonel Paulze d'Ivoy
1949 bis 1952: Commandant Picardat
1952 bis 1957: Commandant Comté de Lambert
1957 bis 1957: Commandant Grimaldi
1957 bis 1961: Lieutenant-Colonel Spitz
1961 bis 1966: Commandant Froment
1966 bis 1969: Colonel Malmasson
1969 bis 1972: Colonel Jeannerot
1972 bis 1975: Colonel Halftermeyer
1975 bis 1979: Colonel Guillaume Mayer
1979 bis 1982: Colonel Jean Delarbre
1982 bis 1984: Colonel Jean Woirgard
1984 bis 1986: Colonel Yves Pinasseau
1986 bis 1988: Colonel Michel Audry
1988 bis 1990: Colonel Christian-Edouard Florentin
1990 bis 1992: Colonel André Lanotte
Deutsche Verwaltung 1992 bis 2005
1992 bis 2005: Oberstleutnant Dieter Kargl

Deutsches Verbindungskommando 1957 bis 1992
1957 bis 1967: Oberstleutnant Kurt Fiebig
1967 bis 1971: Oberstleutnant Günther Pukade
1971 bis 1973: Oberstleutnant Egon Engst
1973 bis 1978: Oberstleutnant Kurt Bausch
1978 bis 1984: Major Wilfried Hühn
1984 bis 1991: Oberstleutnant Rainer Lotter
1991 bis 1992: Major Dieter Kargl

Leiter des Remontedepots Breithülen

1898 bis 1902: Major von Pentz
1902 bis 1914: Major Luithlen
1914 bis 1918: Major Baron von König
1935 bis 1945: Major Harry von Müller

Traditionsverband

Panzerartilleriebataillon 285

Am 31. März 2004 verabschiedeten sich die letzten 30 Soldaten des Panzerartilleriebataillons 285 mit dem Einholen der Bundesdienstflagge in der Herzog-Albrecht-Kaserne. Damit war das Ende des Verbandes besiegelt.

Die meisten dieser Männer und viele andere ehemalige Soldaten, die zwischen 1976 und 2004 in diesem Verband gedient haben, schlossen sich dem Traditionsverband Panzerartilleriebataillon 285 an, der kurz vor der Schließung der Kaserne ins Leben gerufen wurde.

Inzwischen gehören mehr als 80 Mitglieder diesem nicht eingetragenen Verein an. Vorsitzender ist der ehemalige Mob-Feldwebel des Bataillons, Hauptfeldwebel Harald Zimmermann. Sein Stellvertreter heißt Stabsfeldwebel Gerhard Groth, einst Spieß der dritten Batterie.

In der Allgäu-Kaserne in Füssen, wo „285“ als Mobilmachungstruppenteil derzeit noch existiert, haben die Mitglieder einen Traditionsraum mit vielen Erinnerungsstücken und Fotos eingerichtet. Dort steht auch die Truppenfahne des ehemaligen Münsinger Bataillons.

Der Verein hat es sich zum Ziel gesetzt, die Tradition von „285“ zu pflegen und zu fördern.

Zu den Mitgliedern gehören vier der insgesamt neun Kommandeure: Reinhold Kreilinger, Markus Kneip, Berthold Lesch sowie Harald Kammerbauer.

Der Traditionsverband nimmt noch Mitglieder auf. Weitere Infos gibt es unter der Telefonnummer 07389/1413 (Harald Zimmermann) oder 07381/1283 (Gerhard Groth) beziehungsweise per E-Mail unter TradVerb285@gmx.de .

Anfang 2005 findet die erste Hauptversammlung des Traditionverbandes „285“ in der ehemaligen Offizierspeiseanstalt im Alten Lager in Münsingen statt.

Reservistenkameradschaft

Münsingen

Zehn Jahre jünger als die Bundeswehr ist die Reservistenkameradschaft Münsingen. Sie wurde 1965 von sechs ehemaligen Soldaten aus der Taufe gehoben. Heute zählt der Verein 95 Männer, die aus allen Teilstreitkräften kommen.

Die ersten Jahre trafen sich die Mitglieder jeden ersten Freitag im Monat in einer Münsinger Gaststätte. Seit 1974 haben die Reservisten ihre eigene Bleibe in der Nähe des Auinger Sportplatzes. Und zwar im ehemaligen Wachlokal der Standortmunitionsniederlage Gänsewag. Die Holzhütte erhielten sie damals von der französischen Armee, die zu dieser Zeit noch den Truppenübungsplatz und das Alte Lager verwaltete.

Seit vielen Jahren nehmen die Mitglieder der Reservistenkameradschaft an militärischen Vielseitigkeitswettkämpfen in ganz Europa teil. Lange Zeit wurden Vergleichsschießen auf der Standortschießanlage in Münsingen veranstaltet. Diese Veranstaltung gehört inzwischen der Vergangenheit an, da die Bundeswehr den Truppenübungsplatz nicht mehr nutzt, bedauert Vorsitzender Siegfried Müller.

Trotzdem ist der Verein nicht untätig. Seit vielen Jahren beteiligen sich die Mitglieder im Sommer beim Münsinger Stadtfest. Dort gibt es Erbseneintopf aus der Gulaschkanone.

Das Silberdistel-Pokalschießen der Kameradschaft findet immer mehr Freunde in der Region. Den Erlös spenden die Teilnehmer dem Tübinger „Förderverein krebskranker Kinder“.

Seit es in Münsingen keine aktiven Soldaten mehr gibt, sammeln die Reservisten jeweils im November für den „Volksbund Deutsche Kriegsgräberfürsorge“.

Wer sich der Reservistenkameradschaft anschließen möchte, kann sich mit dem Vorsitzenden Siegfried Müller, Telefon 07381/2623, in Verbindung setzten.

Seit 2004 sammeln Mitglieder der Reservistenkameradschaft Münsingen jeden November für den „Volksbund Deutsche Kriegsgräberfürsorge“.

Reservistenkameradschaft

Laichingen-Römerstein

Sonntag Morgen in der ehemaligen Gruorner Schule mitten auf dem Truppenübungsplatz Münsingen. Männer sitzen um den Tisch herum und prosten sich zu. „Frühschoppen“ steht auf dem Dienstplan. Wer vermutet, bei dieser geselligen Runde handelt es sich um aktive Soldaten, irrt.

Die 20- bis 80-Jährigen tragen Jeans, offene Hemden und kurzärmlige Pullover und tragen teilweise das Haar über die Ohren. Bei vielen ist es schon Jahre her, dass sie das letzte Mal eine Uniform getragen haben. Die Männer, die sich einmal im Monat treffen, gehören der Reservistenkameradschaft Laichingen-Römerstein an, die Stabsunteroffizier der Reserve Ulrich Ziegler 1984 ins Leben gerufen hat.

Seit 1991 haben die 52 Mitglieder in Gruorn ihren Treffpunkt. Im Gegenzug unterstützen die Männer die Kommandantur mit Ordnungsdiensten, organisieren Führungen über den Übungsplatz und beteiligen sich an den Renovierungsarbeiten in Gruorn. In Feldstetten haben die Männer Mitte der 80er-Jahre das Kriegerdenkmal renoviert und neu aufgebaut. 1996 kehrte die Reservistenkameradschaft dem Bundesverband den Rücken. Seit diesem Zeitpunkt ist sie ein eigenständiger Verein.

Die Kameradschaft hat es sich zur Aufgabe gemacht, Reservisten zu informieren, zu motivieren und militärisch zu fördern, sagt der Vorsitzende des Vereins, Hauptgefreiter der Reserve Uwe Kemmner. So nehmen er und die Mitglieder regelmäßig an Weiterbildungen der Bundeswehr teil, unternehmen Truppenbesuche und veranstalten Schießwettbewerbe. Die Geselligkeit kommt natürlich auch nicht zu kurz.

Wer sich den Männern, die aus allen Teilstreitkräften kommen, anschließen möchte, kann sich bei Uwe Kemmner, Telefon 07333/964822, und Ulrich Ziegler, Telefon 07333/7326, informieren.

Mitte der 80er-Jahre haben die Mitglieder der Reservistenkameradschaft Laichingen-Römerstein das Kriegerdenkmal in Feldstetten restauriert und neu aufgebaut.

Olaf Malolepski, Sänger bei den „Flippers"

Bernd Clüver, Schlagersänger

Wolfgang Schneiderhahn, Bundeswehr-Generalinspekteur

Münsinger Soldatenleben

Das Erstlingswerk von Autor Joachim Lenk

Fast 90 Jahre lang prägten Uniformen das Bild in Münsingen. Mehr als eine Million Soldaten verbrachten zwischen 1915 bis 2004 im Neuen Lager, aus dem Mitte der 60er-Jahre die Herzog-Albrecht-Kaserne wurde, mehr oder weniger lang einen Teil ihres Lebens.

Zeitweise waren Heimkehrer, Vertriebene, Kriegsgefangene in der militärischen Einrichtung untergebracht. Welche Schicksale, Geschichten, Begebenheiten und Anekdoten sich während dieser langen Zeit ereignet haben, sind in dem Buch „Von der Schneeschuhkompanie zum Panzerbataillon" dokumentiert.

Ende 2004 hat Joachim Lenk dieses Nachschlagewerk veröffentlicht. Auf 120 Seiten sind mehr als 250 Fotos abgebildet. Der Autor geht unter anderem auf die dort stationierten Verbände ein. Das waren die Panzerbataillone 310, 303, 304 und 283 sowie das Panzerartilleriebataillon 285 und das Fallschirmpanzerabwehrbataillon 283.

Berühmte Rekruten, wie zum Beispiel Bundespräsident Horst Köhler, Golf-Profi Tino Schuster, Schlägersänger Bernd Clüver, der Generalinspekteur der Bundeswehr, Wolfgang Schneiderhan, Fußball-Profi Uwe Schneider, Rennfahrer Thomas Riethmüller und Tischtennis-Nationalspieler Torben Wosik, erinnern sich an ihre Grundausbildung auf der Alb.

Weitere Infos sind im Internet unter www.Herzog-Albrecht-Kaserne.de abrufbar. Dort gibt es auch ein virtuelles Gästebuch, in dem sich viele Ehemalige verewigt haben, die Kameraden aus den vergangenen Jahrzehnten suchen.

Einige ehemalige und aktive Soldaten sowie Politiker, die in dem Buch „Von der Schneeschuhkompanie zum Panzerbataillon" erwähnt werden, haben im Jahr 2005 ihr Exemplar erhalten. Die Fotos der Prominenten sind auf dieser Seite abgebildet.

„Von der Schneeschuhkompanie zum Panzerbataillon" (ISBN 3-9805531-8-3) kostet 19,90 Euro und ist per E-Mail bei Joachim.Lenk@t-online.de oder beim Wiedemann-Verlag in Münsingen, Telefon 07381/2090, auf Rechnung zu bestellen.

Ernst-Reinhard Beck, Präsident des Deutschen Reservistenverandes

Volker Rühe, ehemaliger Verteidigungsminister (1992 bis 1998)

Rudolf Scharping, ehemaliger Verteidigungsminister (1998 bis 2002)

Herzog Friedrich von Württemberg, Urenkel des Kasernen-Namengebers

Helmut Haussmann, Ex-Bundeswirtschaftsminister und ehemaliger Generalsekretär der FDP

Rainer Arnold, Verteidigungspolitischer Sprecher der SPD-Fraktion im Bundestag

Zu guter Letzt

Fotos zum Schmunzeln

1991: Wenn es auf dem Nachschubweg kein offizielles Foto des Verteidigungsministers Gerhard Stoltenberg gibt, wissen sich die Soldaten der ersten Kompanie des Panzerbataillons 283 zu helfen: Sie schneiden einfach sein Konterfei aus der Zeitung aus und kleben es in den dafür vorgesehenen Bilderrahmen des Bundes.

2005: Wo einst „Leopard", „Wiesel", „Marder" und „Iltis" einen Unterschlupf in der Herzog-Albrecht-Kaserne in Münsingen fanden, sind heute nur noch zahme Schafe anzutreffen.

1989: Kuriose Rücklieferung ins Gerätedepot: Der Materialbegleitschein ist mit einer Heftklammer am Gummischlauch befestigt.

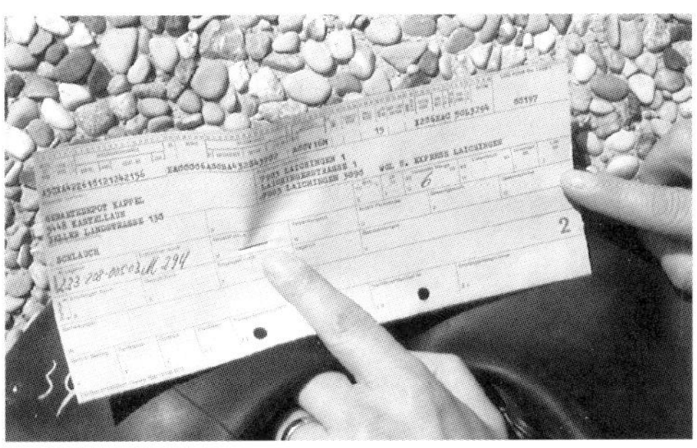

1995: Die Qual der Wahl im Gerätehauptdepot in Feldstetten: Wohin gehen wir heute?

1988: Obigatorisches Antreten zum Gruppenfoto der neuen Soldaten in der Herzog-Albrecht-Kaserne. Den jungen Rektuten in der Mitte schert das wenig.